Mercè Rodoreda

Der Fluß und das Boot

Erzählungen

Aus dem Katalanischen

und mit einem Nachwort versehen

von Angelika Maass

Suhrkamp Verlag

Dieser Ausgabe liegt der Band
La meva Cristina i altres contes zugrunde,
der zuerst 1967 bei Edicions 62, Barcelona, erschien.
Die beiden Erzählungen »Die Perlhühner« (*Gallines de Guinea*)
und »Das Blut« (*La sang*) erschienen zuerst in der Sammlung
Vint-i-dos contes, Editorial Selecta, Barcelona 1958

1. Auflage 1986
Suhrkamp Verlag Frankfurt am Main 1986

Druck: Nomos Verlagsgesellschaft, Baden-Baden
Printed in Germany

Der Fluß und das Boot

Sie gingen langsam. Der Größere war ein gut gekleideter, stattlicher Mann mit grauem Bart und leicht geröteten Backenknochen; der andere, mager und unrasiert, sah aus, als hätte er eben eine Krankheit hinter sich. Sie waren in ihr Gespräch vertieft, und der Größere blieb hin und wieder stehen und strich sich mit der Hand über den Bart, als ob er seine Worte genau abwägen wolle.

»Es ist im Leben nicht für alles Zeit. Lachen und weinen, sich vergnügen und es langweilig haben ... Kaum geboren, muß man sich aufs Sterben vorbereiten. Die kleinen Wickelkinder weinen nämlich nur so gern, weil sie es schon riechen.«

»Was riechen sie schon?«

»Den Geruch, den der Tod verbreitet hat ... Später gewöhnt man sich daran ... Wissen Sie, was mich beeindruckt? ... Wenn ich bedenke, daß wir hinter Montjuic einen Flugzeugträger haben. Sehn Sie ... als junger Bursche hätte ich gern auf einem Flugzeugträger gedient. Haben Sie schon mal einen Film gesehen, in dem ein Flugzeugträger vorkommt?«

»Vor Jahren hab ich einen gesehen, mit zwei Flugzeugen, die mit brennenden Motoren zurückkamen. Und das eine Flugzeug, das zweite, raste in den Jungen hinein, der mit den Flaggen Zeichen gab ... Aber was besonders merkwürdig ist ...«

»Der starb dann wohl.«

»Wer?«

»Der Junge mit den Flaggen.«

»Auf der Stelle. Was ich, wie gesagt, besonders merkwürdig finde ...«

»Das Merkwürdigste, was passiert ist, ist diese mysteriöse Sache mit dem Unterseeboot . . . Erinnern Sie sich?«

»Ja, aber . . .«

»Was schaun Sie?«

»Die schieferfarbene Wolke dort . . . Das mit dem Unterseeboot war ein Witz.«

»Na, wenn Sie das Durcheinander damals einen Witz nennen . . . Schaun Sie: Wenn ich reich wäre und es würde so was passieren, da wollte ich dabei sein. Die Mau-Mau schreien los? – ich bin schon dort. Und wer Mau-Mau sagt, meint auch all die andern Abenteuer, denn ohne Abenteuer . . . Sie dagegen nicht, soviel ich sehe. Sie sagen, es war ein Witz, und schon sind Sie beruhigt und bereit, in einem bodenlangen Nachthemd ins Bett zu gehen. Sie denken zu wenig.«

»Ich sitze gern am Meer und mag es, wenn ich ganz leer werde. Sie dagegen können unmöglich ruhig schlafen mit all dem Aufruhr im Herzen.«

»Aufruhr bedeutet Leben. Das Meer, schaun Sie es nur ruhig an, sagt mir gar nichts. Der Flugzeugträger oben drauf, der interessiert mich . . .«

»Dann ist es Ihnen also egal, wie die Muscheln entstehen?«

»Wie meinen Sie das?«

»Das Meer macht nämlich die Muscheln. Und ohne Meer müßte Ihr heißgeliebter Flugzeugträger auf Rädern fahren. Sehn Sie denn nicht, daß das Meer das größte Rätsel der Welt ist? . . . Schaun Sie es nur richtig an.«

»Immerzu sagen Sie ›schaun Sie, schaun Sie, schaun Sie‹ . . .«

»Sie auch. Schaun Sie: Von uns beiden steht der eine am Nordpol und der andere am Südpol. Ich finde, das Meer mit seinem ewigen Hin und Her ist eine Tragödie.«

»Brunnenwasser mit ein bißchen Salz.«
»Tiefgründendes Wasser, das nie aufhört. Und was darin vor sich geht . . .«
»Fische hin und Fische her.«
»Da drin gibt es nämlich versunkene Städte und Menschen: ich kann diesem Gären des Wassers einfach nicht zusehen, ohne daß es mich von Kopf bis Fuß aufwühlt. Und dann der Gischt . . . Millionen und Abermillionen Schaumblasen, von der Welle hergetragen. Dieses Wasser, das weder blau noch grün ist, auf dem sich Sonne und Himmel brechen, ist voll von Frachtkähnen, die das Brunnenwasser, wie Sie es nennen, mit einem Schluck verschlungen hat . . .«
»Und Sie sagen, Sie würden ganz leer, wenn Sie aufs Meer schauen . . . Sie sind mir so ein Grübler!«
»Tote Dinge verwirren mich. Und die lebendigen bringen mich aus der Fassung.«
»Mich läßt das Meer kalt. Wenn das Meer allerdings einen solchen Aufruhr verursacht wie die Sache mit dem Unterseeboot, dann dampft es aber in meinem Kessel. Setzen wir uns auf die Bank.«
Sie setzten sich auf eine Bank. Dort saß bereits eine Frau, die auf dem Schoß einen Käfig mit einem Stieglitz hatte. Der kleine Käfig stand von allein, und die Frau gab dem Vogel Salatblättchen, welche dieser mit dem Schnabel durch die Gitterstäbe nahm, nachdem er die Frau zuvor sehr aufmerksam angeschaut hatte. Als sich die beiden Männer setzten, rückte die Frau ein wenig beiseite und raffte ihren Rock, um ihnen Platz zu machen. Der Größere zog einen Pack Zeitungsausschnitte aus der Tasche.

»Sehn Sie? . . . ich hab die ganzen Zeitungsausschnitte mitgenommen. Da, lesen Sie. Mal sehen, ob Sie dann immer noch von einem Witz zu reden wagen. Einen Augenblick.

Ich habe sie geordnet, aber weil ich sie vor dem Einstecken noch angeschaut habe, sind sie mir, glaub ich, durcheinandergeraten. Die Dinge kommen von ganz allein in Unordnung. Während man nicht daran denkt . . . Verzeihen Sie. Ein bißchen Geduld ist nie verkehrt. Also . . . Der Witz, wie Sie es nennen, beginnt am Zwölften . . . der Fünfzehnte . . . schaun Sie . . . Sehn Sie? . . . jetzt haben Sie mich schon angesteckt mit Ihrem ›Schaun Sie, schaun Sie‹ . . . Zur Sache also. Die ersten Nachrichten fehlen mir, da hab ich offensichtlich nicht aufgepaßt . . . bei mir fängt's mit dem Tag an, an dem die Entscheidungsschlacht beginnt, wie sie es nennen. In dem Gebiet, wo sie das Unterseeboot vermuteten, war das ganze Meer von Flugzeugen überdeckt. Flugzeuge, wo man hinschaut, und das Unterseeboot so tief wie möglich ins Wasser verkrochen. Wie ein kleines Küken.«

»Schaun Sie.«

»Was gibt's?«

»Die Kinder da, vor dem Meer.«

Es waren ein Junge und ein Mädchen. Der Junge war vielleicht sieben Jahre alt, trug lange Hosen und einen weinroten, an den Ellbogen durchlöcherten Pullover mit umgeschlagenem Rollkragen. Das Mädchen mochte kaum älter als drei Jahre sein und steckte in einem halb verdrehten roten Rock und einem violetten Pullover. Sie gingen barfuß. Die Abendsonne warf ihre langen, schmalen Schatten auf die Erde.

»Kümmern Sie sich nicht um die beiden. Das Unterseeboot, bestens überwacht, versucht an die Oberfläche zu gelangen. Das argentinische Expeditionskorps wurde von Land aus beobachtet, wie es das Unterseeboot angriff.«

»Und die Flugzeuge?«

»Passen Sie gut auf, was ich Ihnen jetzt sage . . . Hier heißt es mit Riesenbuchstaben, es werde keine amerikanische Unterstützung geben . . . Die Argentinier greifen an.«
»Aber was suchte denn dieses Unterseeboot?«
»Zunächst wollte es anscheinend auftauchen, um seine Batterien aufzuladen.«
»Und warum durfte es sie nicht aufladen?«
»In Wirklichkeit wollte es herumschnüffeln. Und dann haben sie sofort den Golf abgeriegelt.«
»Und das gelang?«
»Ich weiß nicht. So steht es in der Zeitung. Glauben Sie, die Argentinier hätten keine Taktiker?«
»Ich weiß nicht.«
»So hören Sie zu und seien Sie ruhig. Während man angriff, wurden in Buenos Aires drei Personen gefaßt, die in den Wirrwarr verwickelt waren, und an der Grenze zu Patagonien wurde ein Funker gefaßt, der Funkverbindung mit dem Unterseeboot hatte. Dieser Funker hat anscheinend eine Menge Erklärungen abgegeben, daß er das Klima untersuche undsoweiter undsofort, aber da sie seine Meldung abgefangen hatten, mußte er sie Wort für Wort vorlesen, damit er nicht länger leugnen konnte, und wurde dann ins Gefängnis gesteckt.«
»Und was besagte die Meldung?«
»Das weiß man nicht. Einen Augenblick. Der Sechzehnte . . . der Neunzehnte . . . da taucht der Vierzehnte wieder auf . . . Lassen Sie mich den Achtzehnten suchen. Der Achtzehnte erklärt so manches.«
Während der größere der beiden die Zeitungsausschnitte ordnete, sagte sein Freund zu der Frau:
»Haben Sie ihn schon lange?«
»Sie meinen den Stieglitz?«

»Ja.«
»Der ist schon ziemlich alt. Sehn Sie die langen Krallen?«
»Das hab ich gleich gedacht. Nicht wegen der Krallen, die hab ich gar nicht gesehen, sondern wegen seiner Art, Sie anzuschaun ... Er sieht so verständig aus ... und er frißt den Salat ... nimmt ihn, als ob er das Zarteste aussuchen würde.«
»Er denkt, das sind die Zettel.«
Der große Mann, der seine Papiere inzwischen sortiert hatte, stupfte seinen Freund mit dem Ellbogen:
»Jetzt hören Sie doch mir zu. Am Zwölften ... das unbekannte Unterseeboot in argentinischen Gewässern ... mal sehn ... Schaun Sie, da ist der Dreizehnte ... Warten Sie.«
»Was denn für Zettel?«
Der Junge und das Mädchen guckten schon nicht mehr aufs Meer. Sie hatten sich der Bank genähert und standen staunend vor dem Stieglitz.
»Die Zettel für die Tombola. Ich mache eine Tombola für die jungen Mädchen ... für die Illusionen der Mädchen: mit rosa Zetteln und blauen Zetteln ... Auf den Märkten. Alles über Liebe.«
»Nun lassen Sie doch bitte diese Frau in Ruhe ... Am Dreizehnten: drei Personen mit dem Funker erwischt. Am Vierzehnten: man hat herausgefunden, daß es ein russisches Unterseeboot ist. Amerikanisches Material trifft zur Verstärkung der Argentinier ein ... Erinnern Sie sich, daß es in Riesenlettern hieß, es werde keine amerikanische Unterstützung geben? ... Und es heißt, das Unterseeboot könne entkommen, wenn es nur wollte ...«
»Hieß es nicht, der Golf sei abgeriegelt worden?«
»So hieß es. Einen Augenblick ... Am Fünfzehnten: man

findet den Froschmann. Es heißt, um ein Froschmann zu sein, dürfe man nicht mehr als siebzig Kilo wiegen. Und einen Meter fünfundsiebzig groß sein. Am Sechzehnten ... wo steckt denn der Sechzehnte ... Sechzehnter, wo steckst du?«

»Beruhigen Sie sich. Haben Sie nicht diesen niedlichen Stieglitz gesehen?«

»Ein Stieglitz? Wo?«

»Hier die Frau neben mir.«

»Da hab ich schon den Sechzehnten. Lassen Sie den Stieglitz zufrieden und hören Sie zu ... Es heißt, daß die Argentinier, unterstützt von den Amerikanern, den Nordamerikanern, jeden Augenblick angreifen wollen ... Alle bis an die Zähne bewaffnet. Die blauweiße Fahne und das Sternenbanner ... Und da haben wir bereits, daß in Port Meyrin ...«

»Das ist noch nicht vorgekommen.«

»Was?«

»Dieser Name.«

»Reden Sie keinen Unsinn. Da steht, in Port Meyrin werde dementiert, daß man einen Froschmann gefunden habe. Und direkt unter der Meldung mit dem Dementi steht eine andere Meldung, in der es heißt, daß vier Froschmänner nach dem Unterseeboot suchen. Und außerdem, daß ein Sturm die Suche erschwere, denn Wolken und Donner ...«

»Das Meer ist vom Mond beherrscht und der Mond regiert.«

»Interessieren Sie sich denn auch für den Mond?«

Es war die Frau mit dem Stieglitz, die ihnen schon seit einer Weile zuhörte. Das Mädchen kam mit einem Finger an den Käfig heran und lachte, ohne ihn zu berühren. Der Junge nahm ihre Hand und zog sie zurück.

»Lassen Sie den Mond in Frieden . . .«

»Mein Patensohn, der mich mit dem Motorrad abholen wird, sagt immer, er wolle der erste Mensch auf dem Mond sein.«

»Wir sprechen von einem Unterseeboot, liebe Frau . . . Ich gehe über zum Achtzehnten: es heißt, man sei nahezu überzeugt, daß das mit dem toten Froschmann eine Falschmeldung gewesen sei.«

»Sprachen Sie nicht von vier?«

»Doch. Zuerst sagten sie einer, und dann sagten sie vier, aber am Achtzehnten schreiben sie, es stimme nicht, daß man einen toten Froschmann gefunden habe. Und daß sich die Unterseeboote noch immer im Golf befänden und – da haben wir sie ja – daß die Froschmänner, falls die Unterseeboote . . .«

»Bis jetzt war nur von einem Unterseeboot die Rede.«

»Ich bitte Sie . . . Zuweilen wird eine Nachricht verharmlost, um die Leute nicht zu beunruhigen.«

»Aber wenn am Anfang doch nur von einem Froschmann und von einem Unterseeboot die Rede war, wie soll man es dann verstehen, daß auf einmal noch mehr Froschmänner und Unterseeboote auftauchen?«

»Was soll ich Ihnen da sagen? Daß Sie recht haben, wo Sie vielleicht nicht einmal wissen, wo Argentinien liegt, und – Verzeihung! Hören Sie gefälligst zu, sonst können wir ja Schluß machen.«

»Das wäre vielleicht besser . . .«

». . . und dann steht da, daß die vier Froschmänner, falls die Unterseeboote dem Befehl, sich zu ergeben, nicht Folge leisten – den senden die argentinischen und die nordamerikanischen Funker nämlich ununterbrochen –, ihnen vier Ladungen Sprengstoff anhängen würden, auf jeder Seite

zwei, selbst wenn sie dabei das Leben lassen müßten. Und beachten Sie, daß sie jetzt schon ohne Umschweife von Unterseebooten sprechen ... In der Mehrzahl. Das bedeutet, daß es nur so gewimmelt haben muß von ihnen.«
»Ich verstehe nicht, daß jemand wie Sie ...«
»Was soll das heißen, jemand wie Sie? Daß ich mir jeden Bären aufbinden lasse?«
»Bären nicht, aber Affen.«
»Wenn Sie glauben, ich finde das lustig ...«
»Nun regen Sie sich doch nicht auf, Mann Gottes. Und erzählen Sie's mir zu Ende, ich höre ja zu.«
»Höre ja zu, höre ja zu ... Jetzt bleibt nur noch die Bombennachricht, wie man zu sagen pflegt. Mit fetten Schlagzeilen und auf der ersten Innenseite: Unterseeboot mit Unterwasserbomben angegriffen. Und außerdem steht da, Sportschwimmer hätten sich anerboten, die Froschmänner zu unterstützen. Und daß sie in der ersten Mondnacht zusammen in Aktion treten würden.«
Die Frau mit dem Stieglitz wandte den Kopf, die Augen halb geschlossen.
»Wenn mein Patensohn kommt, werden Sie schon sehen, wie er Ihnen erzählt, daß er gern auf den Mond fliegen würde. Nachts studiert er das mit den Raketen.«
»Und warum fliegen Sie nicht selbst auf den Mond?«
»Wenn ich noch so jung wäre wie mein Patensohn ... Wissen Sie denn, daß man im Innern der Rakete fliegt und daß das Essen auch fliegt und daß es da kopfüber, kopfunter hergeht?«
Der Junge lachte und sagte zur Frau:
»Dürfen wir den Stieglitz spazierenführen?«
»Was sagst du da?«

»Meine Schwester würde gern den Stieglitz spazierenführen. Nur ein bißchen. Am Griff angefaßt.«
»Nein, er ist sehr empfindlich und würde sich fürchten.«
»Was will denn der Junge?«
»Er sagt, sein Schwesterchen möchte gern den Stieglitz spazierenführen, und die Frau will es nicht.«
»Kümmern Sie sich nicht um die beiden und hören Sie zu, es ist gleich fertig. Gehn Sie mir doch mit Ihrem langweiligen Stieglitz! Da steht, daß zuletzt lediglich zwei ausländische Botschaften der argentinischen Regierung nicht darauf geantwortet haben, ob die Unterseeboote ihnen gehören oder nicht. Sie können sich ja vorstellen, welche. Und daß die Unterseeboote Verstecken spielen und die, welche nach ihnen suchen, die Nase langsam voll haben.«
»Das alles hat man doch bloß erfunden, um von der Mondrakete abzulenken.«
»Und das wollen Sie glauben? . . . Sie schauen stundenlang den Wellen zu und denken an die Herstellung von Muscheln, und Sie finden es wichtig, eine Rakete auf den Mond zu schicken, bei der wir nicht mal wissen, ob sie je angekommen ist, und wir uns auf das verlassen müssen, was man uns sagt?«
»Mein Patensohn sagt, wenn man rund um den Mond Haltestellen einrichten könnte, dann wäre uns nie mehr zu heiß oder zu kalt.«
»Ihr Patensohn sollte lieber arbeiten.«
»Man merkt doch deutlich, daß Sie von Ihrem Vermögen leben. Jeden Nachmittag vertrödeln Sie hier Ihre Zeit. Heute haben Sie mich gesehn, weil Sie ein Stückchen weiter gegangen sind und sich hier auf meine Bank gesetzt haben. Aber ich sehe Sie jeden Tag. Wenn Sie meine Sorgen hätten . . .«

»Schaun Sie, Ihre Geschichte . . .«
»Das war, als ich den Pflaumenbaum betrachtete, da hatte ich die böse Erscheinung . . . Nach dem Abwaschen war's.«
»Lassen Sie uns in Ruhe.«
»Still, sie tut ja nichts Böses.«
»Beim Dunkelwerden lehnte ich mich immer aus dem Küchenfenster und betrachtete den Pflaumenbaum darunter. Ich machte mir großen Kummer seinetwegen, denn er wuchs im Garten eines verlassenen Hauses und niemand goß ihn, und den ganzen Winter über dachte ich, wie sich's wohl überlebte bis zum Frühjahr.«
»Der Pflaumenbaum oder Sie?«
»Der Pflaumenbaum. Und wenn der Winter zu Ende war, konnte ich erst dann wieder in Ruhe einschlafen, wenn seine Knospen keimten, wie in neubelebtem Kreislauf. Eines Abends war ich plötzlich blind, vollkommen blind. Ich sah weder den Pflaumenbaum noch das Licht der Straßenlampe, noch den Himmel über allem, bloß schwarz und nochmal schwarz. Ich richtete mich rasch auf, eine Witterung von Gefahr in der Nase, und mitten aus dem Schwarzen kam von weit her langsam eine gespenstische Gestalt heran, die in einem schlotterigen Laken steckte und die sich bewegte wie eine Kerzenflamme im Luftzug, der entsteht, wenn man an ihr vorbeigeht. Als Augen hatte sie zwei schwarze Löcher, als ob sie in Papier ausgeschnitten wären und das Schwarze das Schwarze wäre, das alles ausfüllte. Und als ich eben sterben wollte, löste sie sich auf. Ich dachte: Jetzt ist er tot. Ist gestorben im Krieg. Aber das stimmte nicht. Es war eine Warnung. Die Warnung, daß er nahte.«
»Wer nahte?«
»Mein Mann . . . Ist das nicht traurig, daß ich jeden Nach-

mittag hierherkommen und auf meinen Patensohn warten muß, damit er mich nach der Arbeit zum Schlafen mit zu sich nach Hause nimmt? . . . Die Angst saß mir im Körper wie eine giftige Schlange . . . Ich verschloß das Küchenfenster und habe nie wieder den Pflaumenbaum nach dem Abendessen betrachtet.«

»Sagten Sie nicht, Sie seien blind geworden?«

»Damit ich die Erscheinung sehen konnte. Es war das Vorzeichen dafür, daß mein Mann, der bei denen von der Blauen gewesen war und den alle tot glaubten, zurückgekehrt war. Nach so vielen Jahren! Und ich kann ihn einfach nicht loswerden, er will und will nun mal mit mir leben.«

»Schließen Sie die Tür zu.«

»Sagen Sie, daß Sie ihn nicht wollen.«

»Das hab ich ja getan, aber dann fand ich ihn auf dem Treppenabsatz liegen, wie er darauf wartete, daß ich von der Arbeit käme. Am ersten Tag wäre ich im Dunkeln fast die Treppe hinuntergekollert, so heftig bin ich gegen ihn gestolpert. Unsern ganzen Krieg über hielt ich ihn auf dem Dachboden versteckt, wir wohnten nämlich in einem Haus ganz allein für uns. Und ich brachte ihm das Essen hinauf, das ich mir vom Mund absparte. Und er hockte in seinem Versteck und dachte bloß an die vom Komitee. Nachher trat er, weiß auch nicht, wieso, bei der Blauen ein. Und als ich schon jahrelang geglaubt hatte, er sei im Schnee erfroren, da kommt er zurück. Alt und schmutzig, und fragt sofort nach Carlota, unserer Tochter, die mit fünfzehn an Lungenentzündung gestorben ist, und gibt mir die Schuld daran. Und als ich ihm sage, ich will ihn nicht, legt er sich doch auf den Treppenabsatz. Und jeden Tag, wenn er weiß, ich bin zu Hause, klingelt er. Ich mache auf, die Kette vorgehängt, schau nach und schließe wieder, ohne den

Mund aufzutun. Und dann klingelt er wieder. Ich stelle mich taub. Und wieder. Und wieder . . . Und ich innerlich ganz wahnsinnig und weiß nicht, was ich tun soll. Und eines Tages sagt er mir durch den Spalt, den die Kette aufläßt, daß er die Tür mit einem Dietrich aufmachen und dem Stieglitz den Kopf abhacken werde. Daß er mich aus dem Bett werfen wird und ich auf dem Boden schlafen müßte . . .«

Vor einem Weilchen schon hatte das Mädchen die Käfigtür aufgemacht, und der Stieglitz war herausgekommen. Einen Augenblick lang hatte er still auf dem Schoß der Frau gestanden, dann war er auf den Boden gehüpft und losgetrippelt und die beiden Kinder hinterher.

»Während Sie von Ihrem Mann sprechen, läuft Ihnen der Stieglitz davon.«

»Wer hat ihm die Tür aufgemacht?«

»Na, wer wohl . . . Die Kinder, die wollten ihn ja spazierenführen.«

»Versuchen Sie ihn einzufangen!«

»Und wie sollen wir ihn fangen? Sie haben vielleicht Ideen!«

»Sagen Sie doch den Kindern, sie sollen nicht laufen!«

»Kinder, lauft nicht.«

»Passen Sie auf, daß kein Auto kommt und ihn überfährt. Vielleicht kommt er nach einem Weilchen wieder zurück.«

»Ich glaub, den können Sie abschreiben.«

»Ach, ich Ärmste . . . jetzt geht er noch aufs Geländer. Haben Sie gesehen, wie er fliegt? Dabei hab ich ihm letzte Woche die Flügel gestutzt.«

»Statt von der Rakete und dem Mond und den Späßen Ihres Mannes zu reden, hätten Sie besser diesem Pärchen auf die Finger geschaut.«

»Er ist gut erzogen, aber das Meeresrauschen gefällt ihm. So sehn Sie doch, er weiß gar nicht mehr ein noch aus und hört mich nicht mal . . . Halten Sie ihn an! Da kommt mein Patensohn herangebraust.«

Die beiden Männer stellten sich mit ausgestreckten Armen mitten auf die Promenade. Der Patensohn konnte gerade noch beim ersten bremsen. Er wendete sein Motorrad, stellte es an den Rand und fragte einfach, was los sei. Die Frau sagte ihm, der Stieglitz sei gerade dabei, sich, betäubt vom Rauschen des Wassers, ins Meer zu stürzen. Darauf ging er zu dem Mädchen hin, nahm ihm den Käfig weg, riß das Türchen ab, zeigte ihn dem Stieglitz, der aus den Augenwinkeln beobachtete, was sie taten, ging in die Knie und stellte ihn so nah wie möglich zu ihm hin. Der Stieglitz tat einen kleinen Sprung, drehte sich ihnen zu, das Köpfchen schräggelegt, die Augen rund wie die eines Huhns, spreitete die Flügel und legte sie wieder zusammen. Eine Weile rührte er sich nicht und lauschte. Plötzlich zauste er seinen Schwanz, plusterte die Brustfedern auf, pickte ein paarmal mit dem Schnabel an die Brust und landete mit einem Flügelschlag auf der Erde. Dann spazierte er in den Käfig hinein.

»Wie ein feiner Herr ist er hinein . . .«

Der Patensohn sah auf die Frau, die in einem fort sagte ›wie ein feiner Herr, wie ein feiner Herr‹, ging von hinten an den Käfig heran und hob ihn, indem er mit der Hand die Türöffnung zuhielt, vom Boden.

»Da, und passen Sie das nächste Mal besser auf.«

»Die Kinder sind's gewesen, die wollten es unbedingt, während ich über den Mond sprach mit diesen Herren, die über das Meer sprachen . . . Und die Tür?«

»Die werd ich schon wieder einsetzen.«

Er nahm sie beim Arm und führte sie zum Motorrad. Als die Frau eben das Gefährt besteigen wollte, fingen die Kinder, beide zur gleichen Zeit, an zu weinen. Die beiden Männer, die ebenfalls im Weggehen waren, blieben stehen.
»Sollen sie doch weinen«, sagte der Patensohn.
Doch die Frau ging, mit dem Käfig, zu ihnen hin und fragte, warum sie weinten, und der kleine Junge sagte, sie hätten sich verlaufen und könnten nicht mehr nach Hause finden. Dem großen Mann fielen sämtliche Zeitungsausschnitte auf den Boden, und er bückte sich, um sie aufzuheben.
»Was sagen sie?«
»Sie hätten sich verlaufen.«
Der Patensohn fragte sie, ob sie in der Nähe wohnten. Er hatte ein Taschentuch hervorgeholt und wischte dem Mädchen die Tränen und den Rotz aus dem Gesicht. Der kleine Junge sagte, er wisse es nicht, sie hätten das Meer sehen wollen, und wenn ihre Mutter sie nicht zu Hause finde, würde sie sich umbringen wollen, sie wolle sich nämlich immer umbringen, egal was sie täten, sie habe sich nämlich auch an jenem Tag umbringen wollen, als sie Blumenstände angucken gegangen waren und das Schwesterchen, das nicht wußte, was es tat, eine abgeknickte Blume aufgelesen hatte, welche die Blumenverkäuferin auf den Boden geworfen, weil sie sie für den Strauß, den sie gerade band, nicht brauchen konnte. In jener Nacht sei ihre Mutter krank gewesen, weshalb sie im Schlaf immer aufgefahren sei und sie dabei jedesmal aufgeweckt habe, weil sie zusammen schliefen. Die Frau mit dem Stieglitz fragte ihn, was sein Vater mache, was er arbeite, und er sagte, er habe keinen Vater, doch das Mädchen habe zwei, einen Soldaten und

einen Verkäufer, die würden ihnen immer Schokolade mit Haselnüssen drin schenken. Während der Junge erzählte, hatte das Mädchen die eine Hand aufgemacht und zeigte wortlos eine Paillette, die es aus der Tasche seines Röckchens hervorgeholt hatte, und die Frau sagte: »Nun schaun Sie, was es uns zeigt«, und der kleine Junge erzählte ihr, die sei von dem Kleid abgefallen, das seine Mutter zur Arbeit anziehe. Und sie habe noch eins, ein rotes, das unten am Saum ganz bauschig sei, und wenn sie das anhabe und singe, dann spiele seine Mutter eine Nelke, die am Verdursten ist. Einmal habe sie ihnen gezeigt, wie sie sich langsam neige, bis sie zuletzt ausgestreckt auf dem Boden lag. Und das Mädchen machte einen Luftsprung.

»Sie werden sie zur Polizei bringen müssen«, sagte der große Mann, der seine Zeitungsausschnitte inzwischen aufgelesen hatte.

»Warum zur Polizei?«

»Damit sie ihre Wohnung ausfindig machen.«

»Hören Sie? ... Er sagt, sie wohnten unten an einem Berg.«

»Es bleibt nichts anderes übrig, als sie zur Polizei zu bringen.«

Der Patensohn sagte, er werde sich darum kümmern, und ging, ein Kind an jeder Hand und hinterdrein die Frau, zu seinem Motorrad. Sie nahmen Platz, so gut es ging, der Patensohn faßte die Lenkstange, trat den Motor an, wendete das Motorrad, und dann fuhren alle zusammen mit einem Riesengetöse über die Promenade davon.

»Was meinen Sie dazu?«

»Na, sagen Sie selbst ... Ein Mädchen, das die Beine zeigt, Kinder, die sich verlaufen haben, eine brave Frau, die Gespenster sieht ... Wenn ich bedenke, daß dieser Nachmittag so gut begonnen hatte ...«

»Schaun Sie, die Mutter der Kinder mag zeigen, was sie will. Das ist mir egal. Aber dann soll sie die Kinder in der Wohnung einschließen. Wenn sie sie auf der Straße herumlaufen läßt, werden sie in ein paar Jahren ein Gaunerpärchen sein, und statt Vogelkäfige aufzumachen, stehlen sie einem die Brieftasche.«

»Wem?«

»Ihnen.«

»Und wieso mir?«

»Das sagt man so. Irgendwem. Und der Frau mit dem Stieglitz hätte ich am liebsten einmal eine runtergehauen. Letzten Endes ist ihr Mann ja deshalb in Krieg und Schnee hinaus gezogen, damit Leute wie Sie und ich zufrieden leben konnten. Man muß den Dingen doch auf den Grund gehen.«

»Sie wollen immer allem auf den Grund gehen. Auf den Grund des Meeres. Ich sehe sie auch, diese Geisterstädte, mit Fischen auf den Straßen. Und die ganz jungen Muscheln. Aber mir will einfach nicht einleuchten, daß eine Miesmuschel irgendein Geheimnis bergen soll.«

»Nein? Und im Leben sehn Sie auch keines?«

»Vielleicht noch in den Austern . . . wegen der Sache mit der Perle. Doch wenn ich ehrlich sein soll, ich finde, daß in einem Verbrennungsmotor mehr Leben ist als in einer Mohrrübe. Und von den Muscheln ganz zu schweigen. Allesamt im Wasser drin, das sie unablässig umspült, während sie sich voll Sand laufen lassen . . .«

»Reden Sie doch keinen Unsinn . . .«

»Wenn Sie welche essen, was finden Sie dann darin?«

Der große Mann blieb stehen und schaute den andern, die eine Hand am Bart, eine Zeitlang wortlos an.

»Wir kennen uns nun schon lange und sind im Grunde einer

Meinung. Sie lieben die Naturwissenschaften und ich die Technik. Und um von etwas anderem zu sprechen: Wo sind die Kastanien?«

»Welche Kastanien?«

»Na, die wir auf dem Herweg gekauft haben, um sie auf der Bank zu essen . . . Hatten Sie die denn nicht in Ihre Manteltasche gesteckt?«

»Nein. Sie haben sie doch eingesteckt.«

»Dann hab ich sie verloren. Vielleicht haben sie mir die Kinder weggenommen. Kalt wären sie sowieso nicht mehr gut gewesen. Was meinen Sie, sollen wir neue kaufen?«

»Und dann erzählen wir der Kastanienfrau die Geschichte mit dem Unterseeboot. Die wird Augen machen.«

»Womöglich erzählt sie uns, ihr Mann sei eben erwürgt worden, oder er habe Lepra. Die Sorgen der andern hängen mir allmählich zum Hals heraus . . . Schaun Sie, schaun Sie nur, wie es aufbraust . . .«

»Was?«

»Das Meer.«

»Das wird wohl unser Geschwätz satt haben.«

»Und ich sein Wellenrauschen. Können Sie sich den Funkhorchposten in Patagonien vorstellen, seelenruhig . . .«

»Und umzingelt von Spähern. Glauben Sie das alles denn immer noch?«

»So steht's in den Zeitungen.«

»Na, na, Sie haben vielleicht Humor . . .«

Und sie gingen wortlos weg. Bald darauf begannen sie zu laufen, weil es zu regnen anfing.

... Na, komm her, du kleiner Zwirbelechs mit deinem Schlängelbauch! Lach mal! Nun, so lach doch! ... Schlingel, Närrchen, zeig die Zähnchen ... Laß sehn: eins, zwei, drei ... und ein halbes kommt da aus dem Zahnfleisch geklettert! Hoch die Ärmchen, hoch ... Was machen denn die Damen? Sie sitzen im Salon und essen Süßes und alle sagen: mein Mann, mein Mann ... und wir zwei haben's lustig, mein Scheißerchen du, mein kleines Oberscheißerchen. Zeig mal dein Bäuchlein ... uiih, dicker als das Täubchen, als das Kaninchen, als das Hähnchen und das Rebhühnchen, das Schildkrötchen und das Amselchen, elende Pisserin du ... Hoch die Ärmchen. Sag mal Fliege, Fliege, Fliege ... Buuum! Guck mal, der Garten. Leg mir dein Händchen um den Hals ... So, siehst du? Wie ein Seidentüchelchen. Siehst du, wie der Regen tröpfelt? Guck mal, der Baum, wie aus Lack, und die Tröpfchen kullern über die Bäuchlein der Blätter auf die Erde und machen die Würmchen und die Ohrenkneifer dick und fett ... Hörst du, wie sie in einem fort reden? Das-sind-die-Damen ... Adelina, bringen Sie der Kleinen bei, daß sie Papa und Mama sagt. Setzen Sie sich vor sie hin und sagen Sie schön langsam, damit sie sieht, wie Sie die Lippen bewegen, Pa-pa, Ma-ma ... So muß man's ihnen beibringen, stückchenweise, kleine Kinder machen ja so gern alles nach ... Daß mir die Kleine zum Namenstag meines Mannes ja Pa-pa sagen kann ... Sag mal Blöd-mann! Blööd-mann, Blööd-mann ... Guck mal, das Schwälbchen, guck nur, der Grünfink, guck nur, das Amselchen, wie's rennt mit seinen drei Würmern im Schnabel ... sieh nur, sieh ...

jetzt kommt noch eine Dame, siehst du? Die Neus geht ihr aufmachen, mit dem roten Regenschirm, und sie erzählen sich was, und dann ißt sie auch Sahnetörtchen mit dem goldnen Gäbelchen und spreizt den kleinen Finger, und ich mach dir gleich deine kleine Milch, schön weiß wie Jasmin. Gell, das ist schön, wir zwei ganz allein? Wollen wir die Balkontür aufmachen? ... Steh schön grade, wie eine Dame, die Füßchen im Pfützchen. Gefällt dir das? So schön frisch, das kommt vom Himmel, das schickt der Herr mit dem Bart, der da ganz oben wohnt, mit seinen Wolkenhosen und seiner Wolkenkappe, und der Amen sagt. Klatsch in die Händchen ... Kannst du nicht? Gell, du bist doch der süßeste kleine Schnuckelputz, der je gemacht worden ist? Nicht wahr? Gell, du gehörst mir und wir haben uns lieb? Husch, husch, ins Körbchen. Ich werd dir die Füßchen abreiben mit dem maisgelben Badetuch ... schön trocken. Nicht daß sie uns einen Schnupfen kriegt und das Näschen läuft ... Was hast du da im Händchen? ... Ein Haar? Sowas tut man nicht, du Frechdachs. Du sollst keine Haare aufheben. Die sind schmutzig, hörst du? Und du mußt immer blitzblanke Korallenhändchen haben ... Hexchen du ... Wenn der Flickflackteufel kommt, frißt er dich auf, mit Haut und Haar: zuerst ein Fingerchen, dann noch eins, dann die Füßchen, die kleinen Knie ... und das kugelrunde Spatzenbäuchlein ... Jawohl, brauchst gar kein Schnütchen zu ziehen. Er frißt dich zum Imbiß und schmeißt die Knöchelchen weg, damit die Glühwürmchen was zu lachen haben. Jawohl. Schön brav sein. Sag mal ... Pa-pa, Ma-ma ... Jetzt geht eine Frau weg, mit Lockenkopf und Gürtel, aber du bist viel niedlicher mit deinem wirren Wuschelkopf wie eine Klobürste. Sag mal Blödmann! Blööd-mann, Blööd-mann ... Zu Pa-

pas Namenstag mußt du Blödmann sagen können. Wollen wir wieder auf den Balkon? Komm ... gell, dir ist schon klein bißchen schwindelig? Weißt gar nicht mehr, wo dir das Köpfchen steht, gell? ... Ich werd dir ein Hanswurstkleidchen nähen, und dann gehn wir auf den Jahrmarkt und lachen und tanzen ... Jaja, als kleiner Hanswurst wirst du gehn ...

Herr Doktor, wundern Sie sich nicht, wenn ich Ihnen schriftlich mitteile, was mit mir los ist. Wundern Sie sich nicht, wenn ich nicht mit meinem richtigen Namen unterschreibe. Obwohl ich nicht recht daran tue, wenn ich Ihnen sage, Sie sollen sich nicht wundern; wenn ich nämlich nicht sagte, daß ich nicht mit meinem richtigen Namen unterschreibe, kämen Sie gar nicht auf den Gedanken: aber ich muß es Ihnen sagen, weiß auch nicht recht, warum, daß es nicht mein richtiger ist. Ich bin schüchtern von Natur aus und habe Angst vor den Leuten. Seit ein paar Jahren bin ich schreckhaft wie ein Huhn. Wenn Sie in Ruhe darüber nachdenken, werden Sie vielleicht erraten, wer ich bin, doch falls meine Krankheit unheilbar ist, wäre es mir lieber, daß Sie es nicht täten. Falls Sie es aber doch erraten, dann würde ich es vor aller Welt – wenn Sie es nämlich erraten, werden es bald alle wissen – jederzeit abstreiten. Und nun sucht mal schön.

Das Schreiben fällt mir schwer, Bauernarbeit paßt nämlich nicht zu Papier und Feder, aber was ich habe, steckt so tief in mir drin und bringt mich dermaßen zur Verzweiflung, daß ich mich notgedrungen schriftlich aussprechen muß. Wenn es kein Mittel gegen meine Krankheit gibt, dann antworten Sie mir doch auch schriftlich. Tun Sie Ihren Brief bitte in das Loch im Stamm des Olivenbaums rechts von dem Weg, der zum Hof Ihrer ältesten Tochter führt. Wenn Sie glauben, Sie können mich heilen, werde ich zu Ihnen kommen. Ich habe niemandem von meiner Krankheit erzählt: Sie werden der erste sein, der davon erfährt.

Ich kann mich nicht erinnern, je krank gewesen zu sein: ich

bin stark gewesen wie ein Pferd und bin es noch. Ich kann in aller Herrgottsfrühe aufstehn und bis zum Einbruch der Nacht arbeiten. Nein, jetzt nicht mehr: früher. Vor zwei Jahren. Seit zwei Jahren ist alles anders. Angefangen hat es, als mein Mann starb. Aber damals merkte ich es nicht.

Sie kennen ebenso wie ich diese frühen Morgenstunden der letzten Sommertage, golden noch, nicht schläfrig: bloß eben still. Das Korn wogt nicht mehr, weil es geschnitten wurde, und von den Mohnblumen keine Spur. An einem solchen Morgen sagte mein Mann, er wolle zum Frühstück Feigen essen. Ungefähr eine Woche zuvor hatten wir einen Streit wegen Geld, und ich war ihm immer noch böse. Ich geh Feigen pflücken, sagte er. Der Feigenbaum hatte schon gelbe Blätter, und die Feigen, Frauenhalsfeigen, waren süß wie Honig: besonders die, an denen die Vögel gepickt hatten. Ich sah ihm beim Futterabkochen für die Hühner vom Küchenfenster aus zu, und während er im Schuppen die Leiter holen ging, dachte ich: Soll er doch krepieren.

Bevor er in den Schuppen ging, stellte er den Korb auf den Boden. Beim Rauskommen nahm er ihn mit der einen Hand; mit der andern hielt er die Leiter und zog sie hinter sich her. Man sah ihm an, daß er langsam alt wurde. Ich kann Ihnen nicht sagen, woran man das sah. Vielleicht, weil er beim Gehen kaum die Füße vom Boden hob, als ob seine Knie nicht richtig funktionierten ... vielleicht, weil er den Kopf einzog und sein Nacken allmählich fleischig wurde ... ich weiß es nicht. Vielleicht, weil er fast immer schlecht gelaunt war. Langsam stieg er die Leiter hoch; der Korb, der an seinem Arm hing, schlug hin und her, und einmal verhakte er sich an einer Sprosse. Damals, als wir bloß erst miteinander befreundet waren, als er nur zur Erntezeit und zur Weinlese auf Arbeit kam und er mir allmählich zu gefallen begann (ich war die Reiche und er der Arme), fing ich, sobald ich ihn kommen sah, zu zittern an, statt ihn ruhig zu erwarten und ihm guten Tag zu wünschen. Das Zittern fing in den Händen an, breitete sich bis in die Beine aus und stieg von den Beinen in die Lippen hinauf. Ich versteckte mich hinter dem Stamm des Feigenbaums und kam erst hervor, wenn er schon vorbei war. Als die Arbeitssaison zu Ende ging und die Leute sich verliefen, machten sich meine Schwestern über mich lustig: »Den siehst du nie wieder!« Ich weiß heute noch nicht, wie es kam, daß wir einander heirateten. Ich muß Ihnen gestehen, daß ich ein Jahr nach der Hochzeit noch immer Jungfrau war, und das hat einiges Geschrei abgesetzt.

An jenem Morgen war der Himmel über dem Feigenbaum und zwischen den Blättern des Feigenbaums malvenfarben. Ich dachte: Die Feigen werden frisch sein. Und ich erschauderte am ganzen Leib, weil mir ein Kitzeln übers Rückgrat lief, wie Spinnen. Und als ich aufhörte, diesen wahren Prachtstag, der da heraufzog, zu bestaunen, erblickte ich meinen Mann zuoberst auf dem Feigenbaum, wie einen Riesenvogel, und dachte: Der spinnt ja, so hoch oben . . . Der Ast machte knacks! und mein Mann, der Korb und ein paar Feigen, alles lag auf dem Boden. Der Knecht und mein Ältester hoben ihn auf und legten ihn aufs Bett: da war er schon tot. Der Doktor (der vor Ihnen, ein sehr anständiger Mann) sagte mir ein paar tröstende Worte und kam außerdem zur Beerdigung.

Nun stellen Sie sich vor, verwitwet, die Buben noch sehr jung und all das Land, das man nicht verwahrlosen lassen darf . . . Ich war es zwar gewohnt, das können Sie mir glauben. Mein Mann war ein einfältiger Mensch. Du hast die Hosen an, sagte mein Ältester immer. Ich soll die Hosen angehabt haben? Weil ich mußte, Herr Doktor, nicht zum Vergnügen. Und das war ein Glück, für uns alle. Mein Mann war ein Weichling, der nur schrie, wenn er unrecht hatte, und das hatte er immer. Wer ruhiger ist, hat immer das Sagen. Und setzt sich durch. Ich ließ ihn schreien. Während er schrie, dachte ich an das, was zu tun war, und gab die Befehle. Schrei du nur, wenn du lange genug geschrien hast, dann weißt du nicht mehr, weshalb du geschrien hast, und schreist bloß noch, damit du weiter deine Stimme hörst. Passiert Ihnen das nie, wenn Sie mit Ihrer Frau streiten, falls Sie überhaupt mal streiten: am Schluß wissen weder Sie noch Ihre Frau, warum Sie streiten, und dann sind Sie wegen irgend etwas böse, das gar nichts zu tun hat mit dem, weswegen Sie den Streit begonnen haben?

Ich will Sie nicht zu lange aufhalten: eines Tages bekam ich von Miquel, meinem ältesten Sohn, einen Brief, in dem er schrieb, er wolle mit mir reden und ich solle ihn für ein paar Tage besuchen. Ich hatte damals gerade keine Lust, über die Angelegenheiten zu reden, über die er mit mir sprechen wollte, und antwortete ihm: »Ich werde später schon mal kommen, aber jetzt kann ich nicht, weil ich seit drei Tagen krank im Bett liege; ich bin sehr stark erkältet.« Das stimmte natürlich nicht, aber ich brauchte eine Ausrede. Ich ließ den Brief einwerfen, und eine Weile danach, es mochte noch keine halbe Stunde vergangen sein, bekam ich einen sehr schweren Migräneanfall, nieste ein paarmal, mein Hals fing schrecklich an zu brennen, und ich mußte früh zu Bett gehen. Am nächsten Tag konnte ich nicht aufstehen, weil ich eine mächtige Grippe hatte. Sie werden natürlich sagen, das seien Bauernmärchen, mein Mann sei gestorben, weil er sterben mußte, und ich hätte eine Mordserkältung gehabt, weil ich sie haben mußte. Urteilen Sie nicht zu früh.

Ein paar Monate lang lebte ich ungestört, vollauf beschäftigt lediglich mit der Plackerei im Haus und auf dem Feld . . . Doch eines Tages . . . ich kam vom Markt, saß allein auf dem Wagen oben. Ich brauchte nicht einmal das Pferd zu lenken, es ist nämlich ein altes Pferd, das den Weg auswendig kennt. Es war stark bewölkt. Ein Himmel mit tiefen, dichten Wolken, die im Westen fast schwarz waren. Ich wollte rasch nach Hause und mir ein schönes Abendbrot machen. Der Weg führte durch Felder mit trockener, rissiger Erde; lediglich rechter Hand, in einiger Entfernung, war ein alter Baum mit kahlen Zweigen zu sehen, auf denen lauter Raben saßen. Die Raben flogen hin und her, drei oder vier flogen weg vom Baum und kehrten nach einem launischen Flug wieder zurück. Ich dachte: Alles sieht wie tot aus; wenn sich die Raben nicht bewegen würden, sähe alles wie tot aus. Das Pferd blieb stehen, und mir blieb die Stimme im Hals stecken. Ich konnte nicht hott! rufen, und die Raben auf dem Baum und die in der Luft hielten still, die einen auf dem Ast, die andern am Himmel. Nur tief in mir drin verspürte ich eine ungeheure Angst. Was ist los? dachte ich immer. So war ich, wer weiß wie lang, leblos oben auf dem Wagen mit dem leblosen Pferd und ringsumher alles erstarrt. Und ich wäre bis an mein Lebensende so geblieben, wenn ich nicht zufällig auf die Idee gekommen wäre zu denken: Fliegen sollen sie! Die Raben auf dem Baum begannen, erst einer, dann ein anderer, von den Zweigen aufzufliegen, die am Himmel flogen auseinander, und das Pferd setzte sich in Bewegung. Noch einige Zeit danach, wenn ich vor dem Einschlafen an diesen Vorfall dachte, bekam ich Gänsehaut und drückte es mir das Herz zusammen. Doch warten Sie nur: das ist noch gar nichts.

Am Tag nach Weihnachten, also eigentlich am Stephanstag,

als der Nachmittag mit den Raben schon über einen Monat zurücklag, stand ich auf, ging in die Stube und machte Feuer im Herd. Die Burschen waren in den Stall gegangen und die Mädchen, zusammen mit Augustina, zu den Hühnerställen, um sie auszumisten und das Stroh in den Brutnestern zu erneuern. Draußen war es noch stockdunkel, und man sah nur das Licht aus den Stallfenstern und aus der angelehnten Tür des Hühnerstalls. Ich bekam Lust auf ein Röstbrot. Ich rieb die Brotscheiben, mit einer Knoblauchzehe ein, streute eine Prise Salz darüber und goß Öl darauf. Das Öl war ganz starr gewesen, und ich hatte die Flasche eine Weile ans Feuer stellen müssen. Die Flammen loderten in kräftigen Farben im Kamin empor wie selten sonst. Blau und Rot spielten Fangen, und das prasselnde Holz machte den Herd zur Johannisnacht. Ich setzte mich nah ans Feuer, und als ich eben in die Brotscheibe beißen wollte, sah ich sie an und dachte: Die ist nicht braun genug. Die höchste und röteste Flamme neigte sich zu mir herab, wie von einem Windstoß gekrümmt, trennte sich, wie mit einem Messer abgeschnitten, vom unteren Teil und kam ganz friedlich an mein Brot heran; sehr vorsichtig, um meine Fingerspitzen nicht zu verbrennen, röstete sie es, bis es richtig war, und kehrte in die Hauptflamme zurück, ließ ein Pfeifen hören und ringelte sich fröhlich den Kamin hinauf. Was sagen Sie dazu?

Eines Nachts, als ich ziemlich schläfrig war, dachte ich so, wie jung ich Witwe geworden war und wie schade das sei. Ich lag mit dem Gesicht zur Decke, und durch das offene Fenster kam Sternenglanz herein und mit ihm Mischgeruch von Stroh, Laub und Sommer. Ich strich mit der Hand über meinen Bauch und dachte, daß er dreimal rund gewesen war, rund, prall und glänzend, und daß mein Gesicht geleuchtet hatte, wenn mein Bauch rund gewesen war. Die Streitereien mit meinem Mann waren im Grunde unwichtig gewesen; alle schlechten Launen verflogen im Bett. Und schaun Sie, Sie können mir glauben oder nicht: ich traute mich nicht, hinzuschaun, aber auch ohne Hinschaun merkte ich, daß das Leintuch neben mir aufschwoll, als ob jemand zu mir ins Bett gekrochen wäre. Und ich spürte eine Hand, die über meinen Bauch strich, und zwar nicht meine eigene Hand. Gegen Vormittag fanden sie mich bewußtlos neben dem Bett auf dem Boden. Als ich wieder zu mir gekommen war, war ich bleich wie eine Magnolie und hatte etwas an den Nerven, mein eines Auge ging gegen meinen Willen immer auf und zu.

Meine Schwiegertochter stand kurz vor der Niederkunft: es war ihre erste Geburt. Sie hatten ein Gasthaus in Tossa, und im Haus gab's eine Unmenge zu tun. Sobald das Kind, ein kerngesundes bildhübsches Mädchen, auf der Welt war, taten sie es in ein separates Schlafzimmer direkt neben meinem, das heißt zwischen dem der Eltern und meinem. Die Wände waren rosa gestrichen, mit einer Girlande von Stiefmütterchen ringsherum. Im Zimmer standen eine Kommode, eine Wiege, die mit geblümeltem, gerüschtem Stoff bezogen war, am Fenster ein Tischchen mit einem Kissen darauf, wo man das Kind zum An- und Ausziehn hinlegen konnte, zwei Stühle und, direkt neben der Wiege, ein mächtiger Sessel. In diesem Sessel machte ich meinen Mittagsschlaf. Eines Tages gab es ein Gewitter. Das Kind schlief unruhig. Es bewegte seine Ärmchen hin und her und wimmerte ab und zu. Draußen donnerte und regnete es. Donnerschläge, daß man meint, die Welt geht unter. Das Wasser klatschte wie aus Eimern gegen die Scheiben. Die Fensterläden waren angelehnt und das Licht ganz schwach.

Auf der Kommode stand zwischen zwei Vasen ein Bild meines Sohnes, als er klein war. Ich hatte den Kopf in den Sessel gelehnt und dachte über allerhand nach. Über Dinge von damals und früher, Belanglosigkeiten. Ja, ich dachte nicht einmal richtig. Der Regen lenkte mich ab. Aber ich sah Teilchen aus meinem Leben, dem Leben meiner Kinder, Teilchen von allem und jedem. Ich sprang vom einen Jahr zum andern und von der Stunde eines Tages zur gleichen eines andern. Ich schaute auf das Bild meines Sohnes, und im Halbdunkel kam es mir vor, daß er seinen Arm hob. Weil jedoch in diesem Augenblick das Kind in seiner Wiege wimmerte, konnte ich nicht so genau darauf achten. Ich erinnere mich, daß es blitzte . . . und was für ein Blitz! Ich bin sicher, er hat das Dach gestreift. Und ich duckte mich und wartete auf den Donner. Mir fiel ein, daß der Bub als kleines Kind immer schnell zu mir gelaufen kam, wenn er es donnern hörte, und sich in meinem Schoß verbarg. Und auf einmal krachte der Donner los, einer von der Sorte, die nicht gleich auf den Blitz folgen, sich aber über den Himmel wälzen wie ein verwundetes Untier, und dann tauchte aus dem dunkelsten Schatten ein kleines Kind auf, und im Augenblick, da es sich in meinem Schoß verbarg, kam ganz verängstigt meine Schwiegertochter herein. Und das Kindchen löste sich auf, aber meine Schwiegertochter hatte es gesehen. »Was macht dieses Kind hier?« Ich sagte, sie sehe Gespenster. Sie glaubte es; und als sie es geglaubt hatte, glaubte ich es auch.

Und jetzt kommt das Schlimmste. Ich liebe das Meer. In den letzten Tagen meines Aufenthalts in Tossa ging ich nach dem Abendessen, sobald die Arbeit getan war, am Strand spazieren. Ich ging zum Codolar und schaute den Wellen zu. An jenem Abend, dem Abend, von dem ich sprechen will, waren die Wellen ... ich weiß nicht, wie ich es Ihnen erklären soll ... demütig. Ich legte mich in den Sand: die Nacht war still und heiß; ich schlief dann vermutlich ein. Als ich die Augen geschlossen hatte, um auszuruhen, war alles schwarz geworden, aber nachher, als ich dann langsam aufwachte, schien mir das Mondlicht durch den schmalen Spalt der Augenlider herein, die ich nur ganz wenig aufgemacht hatte. Ein Mond ... als ob Gott in eigener Person ihn eben für immer und ewig zwischen das Meer und die Nacht gehängt hätte. Als ob er aus sämtlichen Blüten der Apfelbäume in meinem Garten bestünde. Noch halb im Schlaf schaute ich und lauschte, und mir schien, die Erde schaue mit meinen Augen und fühle mit meinen Sinnen. Als ob ich nicht aus Fleisch und Blut wäre, oder als ob die Welt ich wäre. Und ohne zu denken fast, dachte ich bloß Wörter: Blüten, Apfelbäume, weißblühende Apfelbäume, weiß von Blüten, weiße Apfelblüte, Blüten auf dem Boden verstreut ... Und ich dachte, wie schön es wäre, mitten im Meer einen Apfelbaum zu sehen. Auf einmal hielten die Wogen inne, und mein Herz begann zu springen. Als ob mit dem Innehalten der Wasserwogen die Wogen des Blutes in meinem Herzen ins Wallen gerieten. Langsam setzte ich mich halb auf, den einen Ellbogen in den Sand gestützt, die Augen so rund wie zwei Glaskugeln, denn, Herr Doktor, ein bißchen weiter draußen fing das Wasser an zu sprudeln. Gluck-gluck, machte es, gluck-gluck. Die Bläschen spielten Entstehen und Vergehen, und aus der Wunde, die so auf dem glatten Wasser entstand, kamen immer mehr Blüten hervor. Und schließlich formten sie alle miteinander einen Apfelbaum. Stellen Sie sich vor, ein blühender Apfelbaum mitten im Sommer, und dazu noch im Meer! Wenn ich Ihnen sagen würde, daß ich Fieber zu haben glaubte, ich würde nur die Wahrheit sagen. Ich dachte gar nichts ... Ich schaute bloß, stand dann unwillkürlich auf und ging bis ans Wasser. Dort war der Apfelbaum, fest im glatten, starren Wasser, und ich ging langsam, langsam auf ihn zu ... Unter den Fußsohlen hatte ich Seide. Das Wasser war aus Seide. Und der Apfelbaum erwartete mich, und es war, als ob er sagte, komm, komm ... Als ich nah heran war, streckte ich den Arm aus: die Blüten schaukelten sacht, obwohl kein Lüftchen wehte, sie seufzten, sie waren echt und lebendig. Bevor ich nur eine anfassen konnte, sank alles unter, der Apfelbaum, die Blüten und meine Wenigkeit, und wenn ich nicht gerade noch Zeit gehabt hätte zu schreien und wenn nicht mein Sohn, beunruhigt, weil ich schon Stunden von zu Hause fort war, mich suchen gekommen wäre, hätte ich Ihnen das alles gar nicht erzählen können, denn ich bin aus den Bergen, und schwimmen, richtig schwimmen habe ich nie gelernt.

Ich habe alles mögliche erlebt; ich erzähle Ihnen hier bloß einiges davon. Wenn ich alles erzählen müßte, käme ich nie an ein Ende. Am meisten quält mich, daß ich nicht zu denken wage, daß ich in ständiger Aufregung lebe. Am liebsten würde ich meine Gedanken mit einem Strick zusammenbinden, fest zuziehen und sie erwürgen, oder jemanden finden wie Sie zum Beispiel, der mir glauben würde und mich heilen wollte oder könnte. Ich habe ununterbrochen überlegt und überlegt, Tag und Nacht, und das macht viele Stunden. Und ich bin verängstigt, weil ich, nachdem ich so lange nachgedacht habe, nun meine Krankheit, glaub ich, kenne. Ich glaube, ich bin eine Hexe.

Sie waren umgezogen und hatten zum erstenmal in der neuen Wohnung geschlafen. Alles war durcheinander und in Unordnung: die Wäsche noch nicht in die Schränke geräumt, Töpfe und Teller im Eßzimmer auf dem Boden, die Lampen abgehängt, die Kohlensäcke im Flur neben der Nähmaschine, die beiden Spiegel in einer Ecke mit der Vorderseite zur Wand, die Bilder und der Kalender auf dem Tisch.

Quimet hatte schlecht geschlafen: durch eine Spalte des schlecht verschlossenen Fensterladens war bei Tagesanbruch, spitz und gerade wie ein Schwert, ein Lichtstrahl in sein Zimmer eingedrungen, und mit ihm der ganze Marktlärm. Er hatte geträumt, daß ein größerer Junge als er selbst einen Riegel Schokolade gegessen habe und langsam schwarz geworden sei.

Seine Mutter hatte ihm das Gesicht gewaschen und ihn gekämmt. Er hatte einen störrischen Haarwirbel mitten auf dem Kopf, der durch nichts zu bändigen war, ein aufgeschürftes Knie, ziemlich schwarze Fingernägel, ein braunes Muttermal auf der Stirn und leicht abstehende Ohren.

»Geh runter zum Spielen, aber bleib mir ja auf dem Marktplatz. Da, nimm: wenn du das Brot und die Schokolade gegessen hast, dann komm nach oben und trink deine Milch. Sei schön brav und iß nicht bloß die Schokolade.«

In seiner viel zu weiten, knielangen Hose, die aus einer alten Hose seines Vaters gemacht war, und einem etwas verschossenen und etwas knappen weißen Pulli trat Quimet auf den Treppenflur.

Er biß in seine Scheibe Brot. Wenn er sie fertig hätte, würde

er den Schokoladenriegel essen. Allein schmeckte sie besser: süß und teigig blieb sie an den Zähnen, am Gaumen kleben; die Zunge löste sie allmählich ab, und sie verwandelte sich in eine Art köstlichen Sirup. Langsam stieg er die Treppe hinunter, ruckartig holpernd, denn weil er die eine Hand am Geländer hatte, setzte er aus Vorsicht immer nur einen Fuß voraus.
Er trat ins Freie, fühlte sich ein bißchen fremd und setzte sich auf eine Stufe am Eingang. Der Platz war rund, nicht allzu groß; vier Straßen liefen hier zusammen. In der Mitte stand die Markthalle. Sie hatte vier Tore, gegenüber jeder Straße eins, und an jedem hingen große, rotweiß gestreifte Vorhänge aus Segeltuch.
Quimet schaute. Der Himmel war bedeckt und farblos, ein herbstlicher Himmel ohne Schwalben. Vor ihm, am Randstein, lag ein Haufen Abfall. Während er in aller Ruhe sein Brot kaute, entdeckte er auf dem Abfall einen Strauß verwelkter Blumen, eine noch frische dunkle Nelke, Kohl- und Salatblätter, Lauchstengel und ein paar aufgeplatzte Tomaten voll glänzender weißer Samenkerne. Er bekam Lust, welche aufzulesen und sie in die leere Streichholzschachtel zu legen, die er in der Tasche trug; später würde er sie in einen Topf pflanzen und ihn auf den Balkon stellen. Aber er war schrecklich faul, weil er die Nacht so schlecht geschlafen hatte. Sein Daumen drückte allmählich eine Delle in den Schokoladenriegel.
Geschäftige Frauen liefen vorbei, mit Körben beladen, und verschwanden im Markt; vom Markt her kam ein mächtiges Getöse. Ganz zielstrebig lief eine alte Frau vorüber, die auf der Spitze ihres Kinns eine Warze hatte. Sie trug einen großen Henkelkorb mit Lebensmitteln und streifte ihn damit fast an der Nase. Auf der einen Seite des Korbs

guckte der Kopf eines Kaninchens hervor. Voller Staunen schaute er. Oh, diese langen Ohren und das unruhige rosa Schnäuzchen mit den langen Schnurrbarthaaren, an denen man ziehen konnte ...

Aus einer andern Richtung als die alte Frau kam ein blau gekleideter Mann, der einen mit Geflügelkisten vollbeladenen Karren schob. Zwischen den Holzstäben streckten Hühner und Hähnchen die Köpfe hervor. In der Kiste obenauf, unter Hühner gemengt, machte eine weiße orientalische Gans mit leuchtendgelbem Schnabel und schwarzen Augen wie Stecknadelköpfe einen ellenlangen Hals.

Wenn sie mir gehörte, dachte Quimet, würde ich ihr eine Schnur ums Bein binden und sie spazierenführen. Ich würde sie »Haselnüßchen« nennen.

Er stand auf und folgte dem Mann mit dem Karren. Der Mann blieb vor dem Eingang zum Markt stehen und begann die Kisten abzuladen.

Quimet hatte sich vor ihn hingestellt und verlor ihn nicht aus den Augen. Der Mann nahm eine Kiste und ging in den Markt hinein. Unwillkürlich folgte ihm Quimet. Es kam ihm vor, als ob ihn die Gans bemerkt hätte und die ausdruckslosen kleinen Augen ihn anschauten.

Das Licht in der Markthalle war trostlos. Auf den Gestellen und den Ladentischen türmten sich riesige Mengen von Gemüse und Obst. Die Verkäuferinnen redeten mit den Kunden. Es war ein lebensvolles, farbenprächtiges Gewogc. Zwischen einem Handkorb mit reifen, fleischigen roten Tomaten und einem mit feinen grünen Bohnen stand ein großer Marktkorb mit Auberginen. Von den hinteren Ständen her kam ein Mischduft von Blumen und Fisch.

Quimet und der Mann mit dem Karren gelangten in die Abteilung, wo die Geflügelstände waren. An Eisenhaken

baumelten da tote Kaninchen, Hähnchen mit artig auf dem Rücken zusammengelegten Flügeln, buntscheckige Rebhühner, halb aufgeschnittene Gänse mit fetten Bäuchen und blutigem Fleisch.
Plötzlich ließ ihn lautes Flügelschlagen aufschauen. Er erstarrte.
Aufgehängt am Hals hingen fünf Perlhühner in einer Reihe da. Das letzte in der Reihe schlug noch um sich: vergeblich versuchten, mit jähen Schlägen, die Flügel zu fliegen. Zwei große, beleibte Männer waren stehengeblieben und schauten zu.
»Wo ich zu Hause bin, werden sie nicht so getötet.«
Die Besitzerin des Standes, eine hagere Person in Trauerkleidern, mit einer weißen Schürze und weißen Ärmelschonern, die schmalen Lippen fest geschlossen, gänzlich in ihre Arbeit vertieft, hängte, ohne zu warten, bis das Huhn völlig tot war, die ganze Reihe ab, warf sie auf den Tisch, auf einen Haufen, wo schon zwanzig tote liegen mochten.
Dann holte sie einen Knäuel Schnur aus ihrer Schürzentasche, ging zu einem Käfig, der noch halb voll Hühner war, und bekam ein weiteres zu packen, das gellend zu schreien begann. Es war dunkelgrau; seine Federn waren mit winzigkleinen weißen Tupfen übersät und hatten auf beiden Flügelspitzen einen Pinselstrich von leuchtendem Weiß.
Mit größter Mühe und Anstrengung band sie ihm die Schnur um den Hals, zog mit aller Kraft zu und hängte es auf. Das Huhn war einen Augenblick lang wie überrascht, unbeweglich, hatte das Köpfchen verdreht und die Augen ängstlich aufgerissen. Danach spreitete es, die Beine gegen den Bauch gezogen, die Flügel zu einem letzten, tödlichen Flug weit auseinander.

Quimet, der noch den ganzen Schokoladenriegel in den Fingern hielt und ein halb zerkautes Stück Brot im Mund hatte, schaute mit angehaltenem Atem zu.
Die Frau ging wieder zum Käfig und nahm noch ein Huhn heraus. Dem Tierchen entfuhr ein ängstliches, klagendes Gurren. Mit der restlichen Schnur, die am Hals des mit dem Tode ringenden Huhns hing, das nun auch die Augen zu schließen und die Beine zu strecken anfing, band sie ihm den Hals zu und hängte es auf. Die Tragödie begann von neuem: einen Augenblick lang wie benommen, spannte es plötzlich seine Flügel in der ganzen Breite aus, wie gekreuzigt, und schlug verzweifelt um sich; mit verkrampften Zehen hatte es sich in den Kopf seiner Nachbarin gekrallt, die nun wieder unruhig wurde. Je mehr sie um sich schlugen, desto mehr zog sich die Schnur zusammen, und die Federn am Hals waren auf beiden Seiten feucht von Schweiß oder Blut. Ein drittes kam hinauf, um den Aufgehängten Gesellschaft zu leisten, dann ein viertes und ein fünftes. Das letzte war nicht ganz so dunkelgrau, mehr weißlichgrau: sein Kopf war größer, sein Hals jedoch so hübsch wie der der andern. Eine Weile stand sein Schnabel noch offen, und die Brustfedern kräuselten sich, als es heftig keuchte. Dann schloß sich der Schnabel plötzlich und tat sich ganz langsam wieder auf: in der Mitte zuckte, dünn und spitz wie ein Blütenstempel, wehrlos die Zunge. Dieses Huhn brauchte lange, bis es tot war. Wenn Quimet dachte: Nun ist's vorbei, begann es noch einmal die Flügel zu bewegen; langsam machte es sie auf, flatterte ungestüm, und der jähe Windstoß brachte die ganze Reihe der Gehenkten zum Tanzen. Mit einemmal fing es an, zu schreien: es war ein letzter Hilferuf an die Felder, den blauen Himmel, den licht- und blütenstaubdurchfluteten Raum, durch

den die Vögel flogen. Doch unbeirrt schlossen sich die Lider, und hinter diesem beweglichen Vorhang waren die Augen bereits glasig.
»Unglaublich, daß einer so verbrecherisch sein kann«, sagte eine alte Frau im Vorübergehn zu ihrer buckligen, verschrumpelten Begleiterin. Empört schauten sie auf die Verkäuferin, als ob sie ein Henker wäre. »Diese armen Tierchen aufzuhängen . . .«
Die Verkäuferin stellte sich taub. Als die Alten verschwunden waren, wandte sie sich an die beiden Männer, die immer noch zuschauten:
»Sie schmecken besser so. Das ganze Blut bleibt drin.«
In aller Ruhe begann sie die Reihe abzunehmen, bereit, eine neue zu beginnen.
Da ereignete sich ein Zwischenfall: der Haufen toter Perlhühner auf dem Tisch kam ins Rutschen, und zahlreiche fielen auf den Boden. Eine riesige, glänzende Katze strich aufmerksam und lauernd in der Nähe des Marktstands herum. Das mochte der Verkäuferin gar nicht gefallen, denn ganz erschrocken rief sie aus:
»Du da, Kleiner, hilf mir beim Aufheben. Aber schnell!«
Als hätte man ihn hypnotisiert, legte Quimet Brot und Schokolade auf das Tischende und begann, quittengelb, mit großen Augen und zitternden Beinen, diese weichen, warmen Federkissen aufzuheben.
Er nahm eins nach dem andern, legte seine Hände unter ihren Bauch und hob sie hoch bis zum Tisch. Er vermied die Berührung mit den zarten Köpfchen, die am Ende der biegsamen Hälse hin und her baumelten. Auf seiner Brust lag eine Last, als ob das Leid all dieser toten Tierchen ihm die Lungen zusammenpreßte und ihn nicht atmen ließe. Die Vorstellung, daß einer dieser toten Körper plötzlich zu

flattern anfangen könnte, daß ihm die Flügel ins Gesicht schlagen könnten, trieb ihm den Schweiß auf die Stirn.

»Danke, mein Junge. Da, für die Mühe.«

Die Verkäuferin gab ihm einen Apfel, aber er ließ ihn liegen. Er nahm sein Brot und die Schokolade und lief weg. Er gelangte nach draußen, überquerte die Straße, eilte die Treppe hinauf und kam keuchend in der Wohnung an. In der Küche fand er seine Mutter und verbarg sich in ihrem Schoß.

»Was fehlt dir? Du hast ja noch nicht mal die Schokolade angefangen.«

Quimet brach in heftiges Schluchzen aus. Er weinte geräuschvoll, mit offenem Mund und runzlig zusammengekniffenen Augen.

»Was fehlt dir denn? Haben sie dich gehauen? Was hast du?«

Er schüttelte auf jede Frage den Kopf und hörte nicht auf zu weinen. Er ließ seinem ganzen Kummer, all dem aufgestauten Schmerz freien Lauf. Nachdem der Weinkrampf nachgelassen hatte, sagte er, während seine Brust noch von den letzten Schluchzern geschüttelt wurde, so als ob er auf einmal älter geworden wäre: »Ich bin so traurig . . .«

Meine Freundinnen mußten sehr lachen, daß Miquel mich verließ: die Reiselust hatte ihn gepackt. Er sagte, er käme wieder, und auch jetzt noch sagen sie mir, er würde zurückkommen, doch während sie so reden, denken sie, ich würde ihn nie mehr sehen. Und ich denke das auch. Miquel nämlich . . . der wollte gleich, daß wir zusammen schlafen, und ich hatte gar keine Lust dazu. Ich wollte nur mit ihm gehen. Aber da ich gutmütig bin, konnte ich es ihm nicht abschlagen, denn er sagte, wenn ich ihn nicht machen ließe, würde er auf die schiefe Bahn geraten. Vielleicht kommt er eines Tages zurück, und falls er zurückkommt, möchte ich ihn nicht mal geschenkt. Und nicht mal in Gold gewickelt. Was meine sämtlichen Freundinnen zu gern wüßten: warum ich zufrieden bin, wenn ich erkältet bin. Die sollen sich doch zum Kuckuck scheren. Sie wundern sich, daß ich singe, wenn ich einen richtigen Bellhusten habe und meine Nase nur so läuft. Ich habe ihnen nie erzählt, daß ich Soldaten mag und fast vergehe, wenn ich welche sehe. Wenn ich sie sehe mit ihren klobigen Schuhen und ihrer Jacke, wird mir ganz weh ums Herz . . . Ihre Kleider sind aus dickem Wolltuch, und sie müssen bei der Hitze und in ihren dicken Kleidern exerzieren. Doch manche, wenn die ihre Mütze ein wenig schief in die Stirn drücken . . . Wenn sie immer drei und drei zusammen spazierengehen und den Mädchen, die vorbeikommen, etwas nachrufen, weil sie nämlich Heimweh haben, kommen sie mir vor wie Pflanzen ohne Erde. Die vom Land können vielleicht ein Heimweh kriegen! Heimweh nach der Mutter, nach ihren Lebens- und Eßgewohnheiten. Heimweh nach den Mädchen, die zum

Brunnen gehen, Heimweh nach allem und jedem. Und zu allem Überfluß noch dieses dicke Wolltuch auf dem Leib. Da liefen die drei, und ich ging spazieren in einem leuchtend rosa Kleid, ein kleines Tuch um den Hals gebunden vom gleichen Rosa wie das Kleid, weil es von einem Stück Stoff stammte, das übriggeblieben war. Und eine Schildpattspange mit einer Schleife aus Markasit, die mir eine Haarwelle hielt. Die drei blieben vor mir stehen und versperrten mir den Weg, und der eine, der ein ganz rundes Gesicht hatte, fragte mich, ob ich eine Fahrkarte für die Straßenbahn hätte und sie ihm schenken wolle. Ich sagte, ich hätte keine Fahrkarte für die Straßenbahn, und der andere Soldat sagte, sie könne auch alt sein. Und er und der Soldat neben ihm schauten sich an und lachten, aber der dritte, der ein Stückchen zurückgeblieben war, sagte nichts. Er hatte ein Leberfleckchen oben auf der Backe und noch ein kleineres am Hals, beim Ohr; sie hatten die gleiche Farbe: wie dunkle Erde. Die beiden, die eine Fahrkarte für die Straßenbahn wollten, fragten mich, wie ich heiße, und ich sagte ihnen sofort meinen Namen, da gab's nichts zu verbergen ... Ich sagte: Crisantema, und sie sagten, ich sei eine Herbstblume und es sei kaum zu glauben, daß jemand so Junges eine Herbstblume sein sollte. Der Soldat, der bis da geschwiegen hatte, sagte zu den andern, gehn wir, es reicht, und sie sagten, warte noch ein bißchen, Crisantema wird uns erzählen, was sie so unter der Woche treibt, und schließlich, als ich mich schon an sie gewöhnt hatte, gingen sie lachend fort, und der immer geschwiegen hatte, kam kurze Zeit später an meine Seite; er hatte seine Kameraden allein gelassen und sagte, er würde mich sehr gern an einem andern Tag sehen, ich gliche nämlich einem Mädchen aus seinem Dorf, die Jacinta heiße ... Er fragte: an welchem

Tag? Und ich sagte: Freitag, gegen Abend. Da fuhr meine Herrschaft nämlich nach Tarragona, um ihren Enkel kennenzulernen, und mich ließen sie da, um das Haus zu hüten und auf Senyora Carlota zu warten, die aus Valencia kommen sollte. Ich sagte ihm, wo ich diene, und sagte, er solle sich's aufschreiben, aber er schrieb's nicht auf, denn er sagte, er habe ein gutes Gedächtnis, und am Freitag erwartete er mich schon auf der Straße, und ich kann nicht erklären, was mich da Merkwürdiges durchlief, irgendwo, vielleicht in den Adern, vielleicht über die Haut, ich weiß es nicht, aber es war etwas sehr Merkwürdiges, denn ich dachte, er wolle mich deshalb sehen, weil er Heimweh hatte. Ich hatte zwei aufgeschnittene Brötchen mit einer Scheibe Braten dazwischen bei mir, und nachdem wir eine Weile spazierengegangen waren, fragte ich ihn, ob er Hunger habe, packte die Brötchen aus und gab ihm eins, und um sie zu essen, lehnten wir uns mit dem Rücken an eine Gartenmauer, über die Zweige von Bäumen und von Rosensträuchern ragten. Ich biß in mein Brot hinein und biß dann einen Happen ab; er nicht. Er nahm ein Stückchen Brot und ein Stückchen Fleisch mit der Hand und steckte es in den Mund. Die Leute vom Land sind manchmal sehr vornehm. Er aß langsam, und wie ich ihm beim Essen zusah, verging mir der Hunger. Ich konnte mein Brötchen nicht aufessen, und ich gab es ihm, und er aß es auch noch auf. Er hieß Àngel, und der Name hat mir schon immer gefallen. An jenem Tag sprachen wir kaum miteinander. Aber wir lernten uns gut kennen. Und als wir zurückgingen, drehte uns eine Schar Kinder lange Nasen und schrie: Die werden heiraten, die werden heiraten! Der Kleinste warf eine Handvoll Dreck nach uns, und Àngel lief dem Kind nach, denn als das Kind gesehen hatte, daß Àngel näher kam, war es losgerannt; er nahm es beim Ohr und zog daran, ein bißchen bloß und schwach, um ihm angst zu machen, und sagte, er werde es in den Karzer sperren und nachher in die Soldatenküche stecken, wo es zwei Jahre hintereinander Kartoffeln schälen müsse. Weiter war nichts am ersten Tag. Am zweiten Tag gingen wir wieder durch jene Straße und stellten uns zum Plaudern an jene Mauer, die an einer Stelle ganz abgebröckelt war. Gegenüber, auf der andern Seite, stand eine Zeile kleiner Häuser mit Gittertürchen und einem Fenster mit Eisenstäben beidseits der Gittertür. Und die Häuschen waren immer geschlossen, weil die, die darin wohnten, auf die hintere Seite hinaus lebten, wo sie ihre Veranda und den Garten haben mußten. Eines Tages, als wir unten an der Mauer standen und der Himmel in jenem Nachtblau leuchtete, das einen die Gegenstände noch gerade erkennen läßt, gingen die Straßenlampen an, und ich sah, daß der Baum über uns eine Mimose war. Sie begann zu blühen, und während der ganzen Blütezeit war sie sehr schön: es war eine echte Mimose, so eine mit wenigen aschfarbenen Blättern und vielen kleinen Kügelchen, und jeder Zweig sah wie eine gelbe Wolke aus. Es gibt nämlich auch solche mit harten Blättern und Blüten, so lang wie Würmer, und mehr Blättern als Blüten. Im Schein der Straßenlampe sahen die Mimosenzweige aus, als wüchsen sie aus einem Himmel . . . Wir gewöhnten uns an, zu essen, bevor die Straßenlampen angezündet wurden, und ich hatte immer zwei Brötchen mit ein bißchen Braten dazwischen bei mir, und wenn er dann langsam und stückchenweise aß, hatte ich immer Lust, ihn auf das Leberfleckchen am Hals zu küssen. An einem solchen Abend holte ich mir eine Erkältung; um hübsch auszusehen, hatte ich eine perlgraue Seidenbluse angezogen, und als ich nach Hause kam, tränten meine Augen und mein Kopf wollte zerspringen. Am nächsten Tag ging ich in die Apotheke; die gnädige Frau hatte mich hingeschickt, denn sie sagte, was ich da aufgelesen hätte, sei eher eine Grippe als eine Erkältung. Der Verkäufer hatte ganz helle Augen, mit einem Stich ins Graue. Ich habe zwar noch nie Schlangenaugen gesehen, aber ich bin sicher, daß die Augen dieses Apothekers wie die von Schlangen waren. Er sagte mir, was ich hätte, sei eine Frühjahrserkältung. Ich erzählte ihm, daß ich ein paar Stunden in einer Seidenbluse unter einer Mimose gestanden hätte. Und er sagte: Das ist der Blütenstaub, stellen Sie sich nie mehr unter eine Mimose. Als ich eines Abends mit Àngel bei der Mauer war, sah ich an der nächsten Straßenecke einen Kopf. Nicht etwa, daß ich Gespenster gesehen hätte und es ein abgeschnittener Kopf gewesen wäre, nein. Es war der Kopf eines jungen Mannes. Als ich in der Nacht an diesen Kopf von der Ecke dachte, der uns angeschaut hatte, bis er merkte, daß ich ihn gesehen hatte, glaubte ich ihn zu kennen, und ich hätte fast schwören mögen, daß es der Kopf von einem dieser Soldaten war, die damals, als ich Àngel zum ersten Mal sah, bei ihm waren und eine Fahrkarte für die Straßenbahn gewollt hatten. Ich erzählte es Àngel, und er sagte, das könne nicht sein, weil sie ihren Militärdienst beendet hätten und beide in ihr Dorf zurückgekehrt seien. Es war der letzte Tag, an dem ich ihn sah: ich habe ihn nie wieder gesehen. Oftmals ging ich zur Mauer, um auf ihn zu warten, und schließlich ging ich nicht mehr hin, aber an manchen Tagen war mir ganz weh, wenn ich daran dachte, daß er vielleicht dort war ... Er hat mir nie auch nur einen Kuß gegeben. Bloß meine Hand nahm er und hielt sie eine ganze Zeitlang, unter der Mimose. Eines Tages, nachdem wir gegessen hatten, schaute er mich so lange und so eindringlich an, daß ich ihn fragte, was er schaue, und er zuckte die Achseln, als ob er sagen wollte: Wenn ich das wüßte! Ich gab ihm einen Bissen von meinem Brot, und dann schaute er mich noch länger an. Meine Erkältung dauerte, als ob ich sie für den Rest meines Lebens haben sollte; wenn es aussah, als ob sie vorbei sei, fing sie wieder an: ein Kitzeln in der Nase und Niesen und nachts die Hustenanfälle. Und ich immer zufrieden. Wenn ich dann in die Apotheke ging, und war es auch bloß, um Borsäure zu kaufen, sagte der Verkäufer selbstverständlich: Vorsicht vor der Mimose ... Und wenn ich jetzt erkältet bin, ist es, als ob ich es mir eben bei der Mauer geholt hätte, als ob er noch immer da wäre ... Natürlich brachte Miquel mich auf andere Gedanken, klar, und ich verlobte mich mit ihm, weil ein Mädchen nun mal heiraten muß. Doch manchmal, während ich mit Miquel zusammen war, schloß ich die Hand, weil mir dann schien, daß ich Àngels Hand darin hielt; und manchmal machte ich sie auf, damit er, falls er es wollte, seine Hand wegziehn könnte ... er sollte sich nicht gezwungen fühlen. Meine Freundinnen mögen zwar glauben, ich lebe nur im Gedanken an Miquel, der in die Welt hinaus gezogen ist, doch ich denke an Àngel, der sich spurlos in Rauch aufgelöst hat. Und ich leide nicht, ach wo. Solange ich an ihn denke, hab ich ihn. Nur etwas ist ein bißchen traurig ... daß sie in der Apotheke einen andern Verkäufer haben. Und wenn ich ein Briefchen Aspirin möchte, sagt der neue Verkäufer, der mich nicht kennt: Bitte sehr, zweieinhalb Peseten. Und krick-krick, die Kasse. Und wenn ich Eisenkraut verlange, sieht mich der Verkäufer nicht einmal an und sagt: zwei Viertelpeseten. Und krick-krick, die Kasse. Dann gehe ich fast automatisch hinaus, und bevor ich die Tür aufmache, stehe ich einen Moment still, ich weiß nicht recht, warum. Als würde mir etwas fehlen.

Sehn Sie – sagte sie zu mir –, in diesen leeren Korb da pflanzte mein Mann jedes Jahr die Dahlien. Mit einem Grabstichel machte er ein Loch in die weiche Erde, und ich reichte ihm eine Knolle nach der andern, und er grub sie ein und deckte sie nach und nach zu. Und in der Nacht, wenn er »komm!« zu mir sagte und mich den Kopf auf seine Schultern betten ließ und seinen Arm um mich legte – er sagte nämlich, er könne nicht einschlafen, wenn ich nicht ganz nah bei ihm wäre –, dann spürte ich, obwohl er sich die Hände gewaschen hatte, diesen feinen Geruch nach Erde. Und mein Mann sagte, die Dahlien seien unsere Kinder, so war er nämlich, mein Mann, wissen Sie, voller Einfälle und immer zu Scherzen aufgelegt, damit ich lachen sollte. Jeden Nachmittag goß ich den Korb, und wenn mein Mann von der Arbeit kam, fragte er, obwohl er ja gleich sah, wenn er durch den Garten ging, daß die Erde im Korb feucht war: »Hast du die Dahlien schon gegossen?« und küßte mich dabei. Und sehn Sie, als junge Frau habe ich diese Sorte Blumen nicht gemocht, es sind ja doch eher Blumen, die stinken. Aber wenn ich heute an einem Garten mit Dahlien vorbeikomme oder am Schaufenster eines Blumenladens, dann bleibe ich immer stehen und schaue sie an, und es ist, als ob eine riesengroße und riesenstarke Hand mein Herz packte und es rasch zusammendrückte, und mir wird irgendwie schwindlig.

Sie müssen bedenken, daß mich mein Vater beinahe verfluchte, als wir heirateten; er wollte nämlich nicht, daß ich meinen Mann heiratete, weil mein Mann unehelich geboren war; aber ich war wahnsinnig verliebt und hörte nicht auf ihn, und ein Jahr danach starb mein Vater. Ich dachte, er sei gestorben, weil er alt war, aber im Laufe der Zeit merkte ich, daß es der Kummer über meinen Ungehorsam gewesen war, der ihn umgebracht hatte, und manchmal, wenn mein Mann in der Nacht »komm!« zu mir sagte, hätte ich am liebsten geweint.

Wir waren glücklich und liebten uns, und es ging uns nicht schlecht, weil ich nämlich auch noch arbeitete: ich nähte Kinderkleider und wurde sehr geschätzt im Geschäft, und wir hatten immer etwas auf der hohen Kante, falls wir einmal krank geworden wären ... Sie schaun mich an und denken vielleicht, so hat sie immer ausgesehn, nicht wahr? Wenn Sie wüßten, wie hübsch ich war ... Als wir miteinander gingen, konnte mein Mann manchmal eine ganze Weile schweigen und mich bloß anschauen, und er streichelte mit dem Finger über meine Wange und sagte, als ob er sich ein wenig schämte, es auszusprechen: »Du mein Liebchen!« ... Nicht, daß ich ein sogenanntes auffällig schönes Mädchen gewesen wäre, das nicht, aber ich hatte ganz sanfte, strahlende Augen: wie aus Samt ... Sie entschuldigen, aber ich darf darüber sprechen, denn nun ist es ja, als ob ich über eine Tochter spräche, die ich gehabt hätte und die gestorben wäre, wissen Sie. Und ich glaube, das ganze Unglück kam bloß daher, weil ich schon sehr jung zur Frau wurde, wissen Sie, und alles begann, als ich aufhörte, eine Frau zu sein. Früher hatte ich bloß ein paar Tage im Monat schlechte Laune, und wenn ich meine schlechte Laune bekam, sagte mein Mann lachend: »Ich weiß schon, was jetzt kommt!«, und er täuschte sich nie. Und damals ungefähr war es, daß mein Mann seine Stelle verlor. Sein Chef hatte Konkurs gemacht, und nachdem er ein paar Monate ganz gedrückt zu Hause gesessen hatte, obwohl ich ihm sagte, er solle sich keine Sorgen machen, weil wir genug besaßen, um den Schlag zu verkraften, begann ihn ein Freund, der Kellner war, zu bereden: Kellnern sei eine gute Arbeit und eine ziemlich leichte Arbeit, und so machte er ihn zum Kellner, obschon mein Mann eher ein Büromensch war.

Als mein Mann sieben oder acht Monate als Kellner gearbeitet hatte, bekam ich Blutarmut, weil ich so viel schaffte und nachts nicht schlafen konnte; Sie müssen nämlich wissen, daß ich auf meinen Mann wartete, wenn er spät heimkam, und nachher konnte ich nur schlecht einschlafen; er wälzte sich nämlich, obwohl er ziemlich gut schlief, immer im Bett herum und zog mir die Decke weg. Wir verkauften das Doppelbett und kauften zwei kleine, und sehen Sie, das brachte uns bereits ein bißchen auseinander. Wenn der Mond schien, sah ich von meinem Bett aus zu ihm hin, und mir kam es vor, als ob er weit, weit weg wäre und wir füreinander schon ein wenig gestorben wären, da wir uns nicht berühren konnten. »Schläfst du?« fragte ich ihn, und wenn er »nein« sagte, war ich beruhigt, weil ich seine Stimme gehört hatte. Und wenn er schon schlief und keine Antwort gab . . . Wirklich, was einen doch nicht alles unglücklich machen kann, nicht? Und nach und nach bekam ich den Eindruck, daß er sich bloß schlafend stellte, wenn er keine Antwort gab, und ich fing leise für mich zu weinen an, denn wissen Sie, mein Mann arbeitete in einem Café an der Rambla, und da gehen ständig Frauen ein und aus. Eines Nachts weinte ich, weil ich an meinen Vater dachte, der gewissermaßen verlassen hatte sterben müssen, weil er mich wegen meiner Liebe zu meinem Mann verloren hatte, und da stand mein Mann auf und setzte sich zu mir ans Bett und fragte mich: »Was hast du?« Statt daß ich mich beruhigte, brach ich zutiefst betrübt in Tränen aus, und mein

Mann legte sich neben mich und schlang seinen Arm um mich und ließ mich den Kopf an seine Schulter legen, wie früher, und sagte: »Übermorgen ist Sonntag, da pflanzen wir die Dahlien, schlaf jetzt, hörst du?« Aber wir konnten nicht schlafen, und wir sahen, wie es Tag wurde, und als er am nächsten Tag von der Arbeit kam, sagte er, er habe Kopfweh und sei sehr müde, und das alles meinetwegen. Ich machte ihm eine Tasse Lindenblütentee, und er wollte sie nicht. Schließlich nahm er ein Aspirin, und er war weiß wie ein Laken.
Einige Tage später sagte er zu mir: »Du kennst doch dieses Mädchen zwei Häuser weiter unten?« »Ich weiß nicht, wen du meinst!«; und ich schaute ihn an, als ob er mir in diesem Augenblick gesagt hätte: »Ich hab mich in sie verliebt!« Ich war am Ende meiner Kraft, obwohl ich nicht wußte, welches Mädchen er meinte und warum er von ihr erzählte. »Die vom Haus der beiden Brüder . . .« »Ah, jetzt weiß ich, wer; und?« »Also die arbeitet bei mir im Café, als Kassiererin.«
Etwas unterhalb unseres Hauses wohnten zwei Burschen und ein Mädchen – eben die Kassiererin –; sie wohnten erst seit drei Jahren dort, und als sie eingezogen waren, war das Mädchen ein ganz junges Ding und sah wie ein Kind aus, und im Sommer trug sie immer ein weißes Kleid, bei dem eine rote Blume auf die Brust gestickt war. Ich weiß nicht, warum ich von jenem Tag an beim Gartentor auf meinen Mann warten mußte. Er kam so gegen zwei, und sobald ich seinen Schatten, ganz klein, am Ende der Straße auftauchen sah, schlich ich hinein. Wenn ich auf ihn wartete, dachte ich manchmal an meinen Vater: als ich klein war, schickte er mich zum Krämer einkaufen und wartete auf mich, aufs Balkongeländer gestützt. Und das mochte ich nicht. Ich

konnte fast nicht gehen, weil ich wußte: dort oben stand mein Vater, und seinem Blick entging auch nicht die kleinste meiner Bewegungen. Deshalb ging ich, bevor mein Mann mich sehen konnte, ins Haus und legte mich ins Bett oder nahm meine Näharbeit wieder auf, und wenn er mich beim Nähen antraf, sagte ich, es sei eine dringende Arbeit und ich hätte aufbleiben müssen. Bis ich ihn eines Nachts mit dem Mädchen heimkommen sah, und von jener Nacht an kamen sie immer zusammen nach Hause. Natürlich war das nichts Besonderes, da wir ja so nah beieinander wohnten. Ich dachte gewiß nicht schlecht. Mein Mann war nicht wie die andern Männer und hatte, seit wir verheiratet waren, immer nur mich geliebt. Sie kamen langsam daher, und nie, nie sah ich, daß sie Arm in Arm gegangen wären. Ach nein! Ich fing bloß an, mir Sorgen zu machen. Doch wenn ich sie nicht hätte zusammen heimkommen sehen, wäre mir auch etwas sehr Merkwürdiges nicht passiert, was dann geschah. Mir schien, daß ich meinem Mann im Weg stand, daß irgend etwas anders war, und ohne es zu wollen, fing ich an, ihm auszuweichen. Ich wagte es kaum noch, mit ihm zu reden, aus Angst, ich könnte aus Versehen sagen, daß ich nachts draußen auf ihn wartete. Eines Mittags traf ich das Mädchen beim Bäcker. Sie bemerkte mich nicht einmal. Ich hätte gern gewollt, daß sie mich erkannt, daß sie mich gegrüßt und mir gesagt hätte, sie und mein Mann seien befreundet. »Ihr Mann und ich arbeiten im gleichen Betrieb, und da wir den gleichen Weg haben, gehen wir nachts zusammen heim . . .« Roser, eine meiner alten Freundinnen, die mir manchmal beim Nähen half, sagte: »Ach, die Männer, je mehr man tut, um so schlimmer. Wenn du alt und verbraucht bist, suchen sie sich eine junge . . . besser, man macht sich keine Sorgen darum.« Ich hätte ihr am liebsten gesagt: »Weißt du, meiner ist nicht wie die andern; deshalb habe ich ihn ja gewählt. Wenn wir uns anschaun, sehen wir nicht, wie wir sind: wir sehen uns, wie wir waren.«

Eines Nachts kam mein Mann nach Hause und schien ein anderer als sonst zu sein. »Was soll denn Maria sagen, wenn sie erfährt, daß du jede Nacht auf mich wartest? Der eine ihrer Brüder sieht dich vom Fenster seines Zimmers aus, und heute hat er es mir gesagt. Er sagt, wenn du uns kommen siehst, würdest du schnell hineinlaufen. Falls du etwa glaubst, ich hab keine Ehre im Leib . . .« Am nächsten Tag ging ich mittags zum Bäcker, um zu sehn, ob ich wieder das Mädchen dort treffen würde. Erst am dritten Tag begegnete ich ihr. Sie hatte tiefschwarze lockige Haare und sehr dunkle, gleichsam mit Wasser gefüllte Augen. Und als sie der Bäckersfrau sagte, was für Brot sie wollte, sahen ihre Zähne wie zwei Reihen Perlen aus. Und dann wartete ich nicht mehr beim Gartentor auf ihn. Ich wartete auf ihn, das Gesicht gegen die Fensterscheiben gepreßt, im völlig dunklen Zimmer. Und wenn er das Gartentor aufmachte, legte ich mich schnell ins Bett. Und während ich auf ihn wartete – ich weiß, es sind Grillen –, dachte ich, daß er eines Nachts nicht mehr heimkommen und ich ihn nie mehr wiedersehen würde. Denn freilich, wenn eine Frau aufhört, Frau zu sein, dann steigen ihr immer mehr Grillen in den Kopf. Wenn ich meine Arbeit abliefern ging, war ich früher manchmal an dem Café vorbeigekommen, in dem mein Mann arbeitete, und hatte ihm, wenn ich ihn sah, im Vorübergehn zugewinkt; nun aber bemühte ich mich, nicht mehr dort vorbeizugehen, und das fiel mir sehr schwer. Und ich fragte mich: Was ist aus uns geworden? Wir sind einander fremd geworden, und er denkt Dinge, die ich nicht erfahren kann. Und ich fühlte mich sehr einsam. Doch sehn Sie nur: Unmerklich geriet ich vom großen Schweigen ins Jammern. Und sehn Sie, eines Nachts weinte ich, weil ich so viel zu ertragen hatte, und ich bin sicher, er schlief noch nicht und tat so, als ob er mich nicht hörte, und ich sah, wie es Tag wurde, tieftraurig, von niemandem getröstet. Und ich weinte viel, und meine Augen taten mir weh beim Nähen, und ich litt großen, großen Kummer. Und ich war so mager, daß mir der Doktor im Sommer sagte, ich solle zur Erholung aufs Land, und wir gingen nach Premià de Mar. Wir mieteten ein Häuschen. Nach dem Mittagessen bereitete ich das Abendbrot, und dann aßen wir am Strand zu Abend. Und ich war ruhig, weil ich überhaupt nicht an das Kassenmädchen dachte. Ich hatte Sehnsucht nach daheim, wissen Sie. Nach meinem Garten, wo um diese Zeit die Jasminsträucher blühten, solche mit kleinen Blütensternen. Mein Mann hatte auch Heimweh; er jedoch ging jeden Abend ins Café zum Kartenspiel und hatte in Kürze eine ganze Anzahl Freunde.

Eines Nachmittags, als ich an den Strand ging – mein Mann war vorausgegangen und schon eine Weile dort –, fand ich ihn neben einem Mädchen liegen. Als ich ankam, stand das Mädchen auf und begab sich ins Wasser. Mein Mann sagte zu mir, er kenne sie nicht, aber er habe sich zu ihr hingelegt, um zu sehen, was ich für ein Gesicht machen würde, wenn ich ihn neben einem Mädchen sähe. Vor dem Abendessen badete ich, und als ich mich in den Sand setzte, bemerkte ich, daß ich keine jungen Knie mehr hatte; wissen Sie, ich hatte nämlich runde weiße Knie gehabt, und solange unsere Flitterwochen andauerten . . . hatte mein Mann mich darauf geküßt und gesagt, sie seien wie Seide. Und an diesem Nachmittag, in der untergehenden Sonne, sah ich, wenn ich die Beine ausstreckte, daß ich rechts und links neben den Kniescheiben Runzeln hatte. Mir wurde bewußt, wirklich und wahrhaftig bewußt, daß ich nicht mehr jung war. Denn wissen Sie, früher, wenn ich da einen alten Menschen sah, sah ich ihn so, wie er war, also ohne mir vorstellen zu können, daß er einmal jung gewesen war; als ob die Alten eine Sorte Menschen wären, die schon häßlich und mit Runzeln, ohne Zähne und ohne Haare geboren worden waren. Als wären sie von einer andern Welt. Und in jenem Augenblick sehnte ich mich nach dem Blut; dieses Blut: seinetwegen hatte ich, als ich es zum ersten Mal sah, so sehr weinen müssen, weil ich glaubte, das sei ein Gebrechen, und niemand wolle mich heiraten mit diesem Gebrechen. Denn wissen Sie, ein paar Tage im Monat war ich nervös und gereizt, aber wenn es vorbei war, fühlte ich mich himmlisch und wie neu geboren. Ohne Blut aber ging's mir immer gleich, und zwar eher schlecht. Oder, wenn Sie wollen, weder gut noch schlecht, wie ich zum Doktor sage. Und nachdem ich den Eindruck gewonnen hatte, daß mein Mann mich nicht so sehr liebte, schien es mir nun, daß ich selbst ihn weniger liebte, weil ich ihm nicht zu gefallen vermochte, und daß die Schuld an allem, was geschah – viel war es ja letzten Endes nicht –, ganz bei mir lag. Und wenn ich dachte, daß es meine Schuld war, verspürte ich eine große Zärtlichkeit und den Wunsch, so zu lieben wie vor zwanzig Jahren. Und mit meiner Zärtlichkeit war es an jenem Tag vorbei, als ich sah, daß meine Knie ein wenig alt geworden waren. Und wieder lag ich eine Nacht lang schlaflos da, ausgestreckt in meinem Bett, mit dem Gesicht zur Decke. Und wenn eine Frau derlei Gefühle hat, dann hätte sie gern eine Hand, die ihr die Hand drückt, und eine Stimme, die ganz leise sagt: »Ich versteh dich!«

Aber wie soll denn eine Frau wie ich eine Stimme finden, die die nötigen Worte sagt, wenn ich mich doch kaum selbst versteh, begreifen Sie? Und in den letzten Tagen unseres Sommeraufenthalts geschah es mir, daß . . . das Leben ist doch sonderbar, nicht? Statt zu leiden beim Gedanken an jenes Mädchen vom Strand und an das, was mir mein Mann, grinsend übers ganze Gesicht, gesagt hatte, begann ich zu leiden beim Gedanken an unsere Nachbarin. Ich dachte, falls zwischen meinem Mann und ihr etwas war, so wäre das meine Schuld. Denn statt nächtelang über meinen Handarbeiten zu sitzen und Blätter und Margeriten und Tierchen auf Kinderkleidchen zu sticken, hätte ich besser alles liegenlassen und meinen Mann abholen sollen – wie es soundso viele Frauen auf der ganzen Welt tun –, vom ersten Tag an, da ich sie zusammen hatte heimkommen sehen. Naja, jetzt kann ich es ja sagen. Eines Nachts hab ich es getan. Eines Nachts, so gegen zwölf, kämmte ich mich . . . na, und wenn ich Ihnen sage, daß ich mir schon am Nachmittag die Haare gewaschen und Locken gelegt hatte . . . Ich zog eine weiße Bluse an, die ich jahrelang nicht mehr getragen hatte, und einen Faltenrock und ging zur Rambla. Ich stellte mich auf dem Bürgersteig auf der anderen Straßenseite hin; und als erstes erblickte ich, weit weg drüben, ein wenig verdeckt von den Leuten an den Tischen und mehr noch von denen, die kamen und gingen, die Kassiererin, mein Gott, so jung, und die Haare hingen ihr auf die Schultern wie einem Engel, und ich dachte, daß der Augenblick für das, was ich tun wollte, schon vorbei sei und daß es zu spät sei, um da noch etwas zu ändern. Ich spürte, daß die Bluse nicht gut gewaschen und der Rock alt war, und kehrte um. Ich hatte einen Traum . . . Ich träumte, daß mein Vater zu unserem Haus kam und ein kleines Mädchen hinter ihm herlief, von dem ich zuerst glaubte, ich sei es. Und mein Mann sagte zu mir: »Das macht nichts, wenn er kommt, er ist so lustig, dick wie er ist . . .« Und mein Mann und das Mädchen verschwanden auf einmal, und ich blieb allein mit meinem Vater, und wir gingen eine Steintreppe hinunter und kamen an einen Strand mit ganz feinem Sand, und da standen hin und wieder niedrige viereckige Holzpfähle, und auf jedem Pfahl lag ein toter Fisch, und mein Vater schlug einen mit der Hand herunter, und der scheinbar tote Fisch atmete, und ich hörte ihn atmen. Und mein Vater sagte zu mir: »Den essen wir zum Abendbrot«, und dann begannen wir eine Leiter hochzusteigen, so eine wie die im Zirkus, die ganz steil sind und als Stufen Sprossen haben. Ich trug unter jedem Arm eine volle schwere Wasserflasche und stand, während ich die Leiter hochstieg, die größten Ängste aus, daß sie mir ja nicht hinunterfielen. Und mein Vater, der vorausging, kommandierte: »Auf, hochgestiegen, hoch . . .« Als wir zuoberst ankamen, mußten wir auf ein Dach springen. Als ich sprang, fiel mir eine Flasche hinunter, und mein Herz stand still. »Ich hab jemanden umgebracht!« dachte ich. Und mein Vater löste sich sozusagen auf, und ich fand mich auf einem Dorfmarkt wieder, mitten auf einem Platz. »Ich muß Obst kaufen für meinen Vater . . .« Ich stand vor einer Auslage mit Äpfeln, und die Verkäuferin bediente mich lange nicht, und ich war beunruhigt und hatte Angst, mich zu verspäten. Ich drehte mich um, und mein Mann stand hinter mir und lachte wie verrückt. »Siehst du«, sagte ich zu ihm, »wenn du nur mein Freund bist, ist mir das genug . . . aber ich muß meinem Vater das Obst bringen. Wenn das nicht wäre, könnten wir spazierengehen.« Und da spazierten wir plötzlich über eine sehr niedrige Brücke, und ich hatte die Tüte mit den Äpfeln schon weggeworfen.

Unter der Brücke war das Wasser durchsichtig wie Glas und still; an einer Stelle im Wasser stand eine Reihe Fische in allen Farben, es waren aber sehr blasse Farben. Ein Mann sagte: »Schauen Sie sie genau an. Die sind alle tot. Sind einer nach dem andern heute nacht gestorben.« Und schließlich befand ich mich in einem Haus, in dem ein Fest gefeiert wurde. Das Haus war wie ein Hotel, und durch die Korridore liefen geschäftige Leute und Kellner mit Tabletts voll Essen, und ich konnte nicht einen Schritt tun. Unter Stoßen und Drängen gelangte ich in einen Speisesaal, und dort saß Roser am Tisch, meine Freundin, von der ich Ihnen erzählt habe, daß sie manchmal für mich arbeitet, und ich fragte sie: »Hast du vielleicht meinen Vater gesehen?« In diesem Augenblick fuhr wie ein Blitz mein Mann vorbei. »Nein, ich hab ihn nicht gesehen, er war sehr müde, und ich weiß nicht, wo er abgeblieben sein mag.« Und eine Stimme begann, den Namen meines Vaters zu rufen, sehr laut, schnell, eine ganze Zeitlang. Und dann erblickte ich einen riesig dicken Krüppel mit einer Pappnase, der taumelnd näher kam. Während er herankam, sah ich seine Hände. Es waren kleine Hände, wie die eines Kindes, ganz blau, mit kurzen, stark geschwollenen Fingern. Ich weiß nicht, wieso ich beim Anblick der Hände erriet, daß dieser Krüppel mein Vater war; so gut ich es konnte, zog ich ihm die Pappnase ab und nahm ihn auf den Arm, als ob er ein kleines Kind wäre, und er war federleicht. So ging ich durch die Korridore dieses hotelartigen Gebäudes, und ich wachte auf . . . Und niemand konnte mir sagen, was dieser Traum bedeuten sollte . . . doch hinterließ er mir ein sehr schlechtes Gefühl.

Als wir aus den Ferien zurückkamen, sah der Garten zum Erbarmen aus. Roser war zwar bisweilen zum Gießen gekommen, aber die Sonne hatte die empfindlichsten Pflanzen verbrannt, solche, die jeden Tag Wasser brauchen ... Mein Mann und ich machten uns ernsthaft daran, den Garten neu herzurichten; wir ließen Dung bringen, pflanzten die Dahlien, mit ein wenig Verspätung, könnte man sagen, und nach vierzehn Tagen sah der Garten wie der eines herrschaftlichen Hauses aus. In jenem Jahr, dem letzten, blühten die Dahlien so mächtig, daß jede Blüte wie ein Kinderkopf aussah. Es gab sie in allen Farben, wissen Sie. Blutrote, gelbe, weiße und rosafarbene, von einem solch zarten Rosa, daß jedes Blatt wie ein Seidenband aussah. Und am Tag, als die erste Dahlie aufging – es war eine steinharte Knospe gewesen –, erfuhr ich, die Bäckersfrau erzählte es mir, daß unsere Nachbarin, die Kassiererin, heiratete. Und zufällig sah ich die Hochzeit, weil ich auf die Straße gegangen war, um den Bürgersteig zu kehren. Sie trug ein marineblaues Jackenkleid, weiße Schuhe und weiße Handschuhe und einen Lilienstrauß, der mit lauter herabhängenden Bändern umwunden war. Lachen Sie nicht, aber ich ging singend und so von Freude erfüllt in den Garten, daß ich mit der Hand über jede einzelne Dahlie streichelte und sie liebkoste, als wären es meine Kinder. Den ganzen Tag lang war ich glücklich, so glücklich, daß es sich nicht mit Worten sagen läßt. Nähen war mir nicht möglich, ich ging von einem Zimmer ins andere und räumte auf. Ich deckte die Betten wieder ab, die ich bereits gemacht hatte, bezog sie mit frischen Leintüchern und legte die seidenen Bettdecken auf. Ich richtete einen kleinen Nachtimbiß her, wenn mein Mann dann heimkommen würde. Ich legte die gestickte Decke auf das Tischchen beim Fenster und machte einen Pudding.

Als mein Mann kam, hatte ich alle Lichter im Haus brennen

und war müde, und sobald ich ihn sah, sank auch schon mein ganzer Mut. Er kam herein und schloß die Tür mit einer solchen Mattigkeit, daß ich zuerst dachte, er sei krank. Er ging ins Schlafzimmer, und ich hinterher, ohne den Mund aufzutun, als wäre ich sein Schatten. Er zog seine Jacke aus, legte sie aufs Bett, ging dann zum Fenster und blieb dort stehen, wie ein Stück Holz. Ich wagte nicht, etwas zu sagen. Ich nahm die Jacke, und ich erinnere mich, daß ich auf Zehenspitzen ging, als ob ich im Augenblick der Wandlung in die Kirche eingetreten wäre; und ich hängte die Jacke an den Kleiderhaken hinter der Tür. Und dort stand mein Mann, still, mit dem Gesicht zum Garten und mit dem Rücken zu mir. Ich ging zu ihm, und ohne mir auch nur Zeit zu lassen, ihn zu fragen, was er habe, drehte er sich um und umarmte mich, und wissen Sie, er weinte . . . Und er weinte untröstlich, wie ich in jenen Nächten, da ich so traurig gewesen war. Gesagt hat er nichts zu mir, nein. Ich fragte ihn, warum er weine, und er mochte mir nicht einmal Antwort geben. Schließlich beruhigte er sich und sagte: »Komm, laß uns schlafen gehn . . .« Und er war wie ein kleines Kind und tat mir so leid . . .

Erst viele Tage später erriet ich die Wahrheit, wissen Sie. Und wenn ich ihn fragte, warum er in jener Nacht geweint habe, machte er ein böses Gesicht und wurde wütend. Und viele Tage und Wochen lang konnte ich es mir nicht verkneifen, ihn hie und da zu fragen, warum er in jener Nacht geweint habe, und es brachte mich zur Verzweiflung, daß er mir nicht sagen wollte, warum er geweint hatte, und dann hätte ich am liebsten selber geweint, und es war, als ob die Welt schwarz, so schwarz wäre . . . Wir sprachen kaum noch miteinander. Lediglich »ja«, »nein«, »ja«, »nein« . . ., sonst nichts. Ich fühlte mich so, wie sich einer fühlen muß, der erstickt. Und wissen Sie, mir war alles ganz klar; mein Mann hatte sich mit der Zeit in das Nachbarmädchen verliebt und war unglücklich, weil sie geheiratet hatte. Und der Gedanke, daß er sich verliebt hatte, während ich solche Angst hatte, er würde sich verlieben, machte mich ganz verrückt. »Bist du traurig, weil du nachts allein heimgehen mußt?« konnte ich einmal nicht lassen, ihn zu fragen. »Soll ich dich abholen?« Es war, als hätte ihn eine Wespe gestochen. »Das fehlt gerade noch, daß du mich jetzt lächerlich machst.« Und dann stritten wir. Ich entgegnete ihm nämlich, daß es gar nicht lächerlich sei, wenn eine Frau ihren Mann nach der Arbeit abholt, und er sagte doch, und ich sagte nein, und so ging's bis zum Morgen.

Danach sprachen wir vierzehn Tage lang nicht miteinander. Und als wir wieder miteinander sprachen, da war die größte Dummheit schon geschehen. Ich schaute meinen Mann an und sah ihn so, wie er war. Und ich bekam solche Lust zu lachen . . . Es fehlten ihm drei Backenzähne, und er konnte bloß noch auf der einen Seite kauen. Und wenn er aß, war die eine Backe leer und die andere voll, und das entstellte ihn auf sehr komische Weise. Und er aß hastig, wie ein Tierchen, mit hocherhobenen Ellbogen, und ging ein wenig schief, als ob er auch noch außerhalb des Cafés seine Serviette über dem Arm trüge, und er hatte rote Ränder um die Augen, und weil er die Gäste notgedrungen immer anlächeln mußte, verzog sich sein Mund ganz eigenartig, wenn er lächelte.

Wissen Sie, in jenem Winter wurde er krank. Er hatte eine ziemlich böse Grippe, aus der beinahe eine Lungenentzündung geworden wäre, und da bekam er es mit der Angst zu tun und suchte Zuflucht bei mir und gehörte mir wieder wie ein Kind. Und ich ließ mich noch einmal erweichen. Als er jedoch wieder gesund war, fing der Unfug an. Er fing an mich zu quälen, das heißt, er tat Dinge, um mich zu quälen; ich kann Ihnen nicht sagen, was für welche, sonst käme ich nie an ein Ende; Kleinigkeiten, wissen Sie. Lauter Böswilligkeiten, und ich lebte in ständiger Pein.

Und der Sommer ging zu Ende mit Regenfällen. Alle Dahlien schauten auf den Boden, und ich mußte sie mit Stöcken stützen, damit sie sich wieder aufrichten konnten. Und allmählich kam der Herbst mit seinen kurzen Tagen und der kühlen Luft. Während mein Mann aß, trug ich ihm auf und amüsierte mich, wenn ich ihn in seiner geradezu ungestümen Art essen sah, und oft konnte ich mir ein heimliches Lachen nicht verkneifen. Und schließlich merkte er es. Und ich weiß noch, daß er gleich am nächsten Tag, nachdem er es gemerkt hatte, mit einer Rolle Leitungsdraht daherkam. Ich fragte ihn nicht, was er vorhabe. Am darauffolgenden Sonntag war er damit beschäftigt, einen Schalter in unserem Schlafzimmer zu installieren, »damit man das Licht im Garten anzünden kann, ohne erst bis an die hölzerne Haustür gehn zu müssen«. Als er fertig war, sagte er: »Probier doch mal . . . siehst du? Was hältst du davon? Wenn ich mich also nachts verspäte und du denkst, ich komme mit einem Mädchen heim, dann kannst du uns anleuchten, ohne daß du erst zum Eingang zu gehen brauchst. Was hältst du davon?« »Sehr gut«, sagte ich.

Als die Zeit gekommen war, riß ich wie jedes Jahr die Dahlien aus und verwahrte die Knollen auf einem Regal in der Rumpelkammer auf dem Dach. Und am 28. Oktober, sehn Sie, ich weiß es noch wie heute, legte er sich friedlich ins Bett, machte das Licht aus und schlief ein. Ich auch. Ich weiß nicht, wie lange ich schon geschlafen haben mochte, als ich hier, mitten auf der Brust, etwas wie ein riesiges

Gewicht spürte, das heißt mehr noch als ein Gewicht, eine Art Beklemmung, und ich wachte langsam auf, als ob ich noch schlafen und aus weiter Ferne kommen würde, und ich hörte ganz deutlich, aber wie durch Nebel langsam sich nähernd, wie die Stimme meines Mannes sagte: »Steh auf, schnell, steh auf . . .« Erschrocken fuhr ich auf, und mein Mann stieß mich geradezu ans Fenster: »Siehst du nichts?« »Nein.« »Siehst du gar nichts?« »Warte mal.« Da zündete er das Licht im Garten an, und ich sah . . . Zuerst sah ich einen Schatten, der am Mandarinenbaum lehnte, und als meine Augen deutlicher sehen konnten, sah ich, daß es ein Mädchen war. »Was ist das?« »Ein Mädchen. Du glaubst doch, daß ich immer mit Mädchen gehe, nicht? Nun schau nur, sogar im Garten hab ich welche.« »Es ist wie ein Traum«, sagte ich, und da klopfte er gegen die Scheiben, und das Mädchen begann sich langsam zu bewegen, als wäre es nicht von dieser Welt, ging hin zum Gittertor, und hätte ich nicht die Angeln quietschen hören, würde ich geglaubt haben, das Ganze sei nur eine Erscheinung gewesen. Und mein Mann hielt sich mit beiden Händen den Bauch und lachte . . . Sie können sich nicht vorstellen, wie er lachte. Tags darauf fragte er mich, was in der Nacht mit mir los gewesen sei, ich hätte im Schlaf zu schreien begonnen, ein Mädchen sei im Garten. Und er machte mich ganz wirr. »Nein, ich habe nicht geträumt, das ist ein böser Streich, den du schon lange vorbereitet hast, seit dem Tag, an dem du den Schalter im Schlafzimmer eingerichtet hast.« Und als er zur Arbeit gegangen war, rannte ich in den Garten, unter den Mandarinenbaum, ob ich nicht vielleicht etwas finden könnte, ich weiß nicht, was, irgend etwas, das sich anfassen ließe, eine Feder etwa, die ein Vogel verloren hatte. Ich fand aber nichts. Nicht einmal Fußspuren, denn die

Erde unter dem Mandarinenbaum war hart. Und den ganzen Tag grübelte ich wie wahnsinnig darüber nach, ob das, was ich in der Nacht gesehen hatte, Wirklichkeit oder Traum war. Denn der Traum von meinem Vater, den ich Ihnen erzählt habe, war anders, das war ein richtiger Traum, aber was in dieser Nacht passierte, das war eine Farce, die mein Mann inszeniert hatte, und nachher wollte er mir den Verstand wirr machen. Und als es dann dunkel war, versperrte ich das Haus mit Schloß und Riegel und zitterte vor Angst, und um meine Angst zu verscheuchen, wühlte ich in Schubladen herum, ohne recht zu wissen, was ich suchte, und was ich suchte, erkannte ich, als ich es gefunden hatte: ich suchte das Bild meines Vaters; wissen Sie, ich bin nämlich keine von den Frauen, die alle Wände im Haus mit Familienporträts vollgehängt haben. Es war ein Bild auf sehr dickem Karton, das mit den Jahren und durch die Feuchtigkeit verblaßt war, und ich nahm es aus der Schublade: ich lag auf den Knien und hielt es mit beiden Händen, wie eine Reliquie. Die Zeit hatte den unteren Teil des Gesichts ausgelöscht, aber die Augen konnte man gut erkennen, und sie blickten so gütig drein, daß mir selbst die Tränen in die Augen traten. Und ich ging ins Schlafzimmer und stellte das Bild meines Vaters, an eine Vase gelehnt, auf den Nachttisch, und so leistete es mir Gesellschaft . . . Von diesem Tag an begann ich mit meinem Vater zu leben. Ich redete mit dem Bild. Ich sagte zu ihm: »Ich gehe einkaufen, hören Sie? Machen Sie sich keine Sorgen, ich bin gleich wieder da.« Und mir war, als ob mich mein Vater anschaute und sagte: »Geh nur, geh.« Und in dem Jahr trennten wir uns, mein Mann und ich. Es kostete mich einige Mühe, weil er sich nicht trennen wollte und sagte, wir seien zu alt für eine solche Dummheit, doch schaun Sie, da war nun nichts zu machen; sobald ich ihn sah, kam etwas wie eine Unruhe über mich, und mir war erst wieder wohl, wenn er gegangen war. Jetzt wohnt er bei Neffen, und wenn wir uns auf der Straße begegnen, geben wir uns die Hand, und er sagt zu mir: »Wie geht es dir?«, und ich sag zu ihm: »Gut, und dir?« Und sehn Sie, nie mehr hat es in diesem Korb hier Dahlien gegeben. Manchmal, wenn zuviel Gras drin ist, reiße ich es aus und grabe die Erde ein bißchen um, damit es nicht so häßlich aussieht, und wenn ich in einem Schaufenster Dahlien sehe, dann wird mir irgendwie schlecht und mir ist zum Erbrechen, verzeihn Sie.

Wenn ich zu lange ununterbrochen ans Gleiche denke, wird mir schlecht. Mir ist nur wohl, wenn ich allein hier oben sitze, die Beine überhängen lasse und schaue. In diesem Steinbruch hat es viel Stein gegeben. Er ist aufgebraucht. Ich sammle Speichel im Mund, soviel ich kann, und spucke von hier oben auf den letzten Haufen gebrochener Steine, den der Lastwagen nicht mehr geholt hat. Wenn die Spucke auf den Haufen fällt, hör ich sie fallen; wenn sie außerhalb landet, hör ich nichts. Manchmal kann ich ihn nicht treffen, weil der Wind weht. Von hier aus sehe ich die Hütten daliegen, auf einem Dach die Katze und, auf der rechten Seite, den Berg mit den Abfällen. Der Hund bellt schon. Immer bellt der Hund, wenn der Tag zu Ende geht, als klagte er, weil die Sonne verschwindet. Unsere Hütte ist die in der Mitte. Mein Vater erzählt immer, daß es die erste gewesen sei, die hier gebaut worden ist, und daß man all die andern dann darum herumgebaut hat. Unsere Hütte nennt der Vater die Glucke. Die Lastwagen kamen und wirbelten Staub auf im Sommer und fuhren den Matsch breit im Winter. Und der Stein gab Stein her. Das sagten alle. Der Stein, der am Berg hing, hatte drei ein wenig stumpfe Farben: grau, gelb und rötelrot. Von dort, wo der Hundelärm herkommt, nähert sich eine Wolke, die an einem Rand ganz zerrissen ist, daß sie aussieht wie aus Federn. Ich geh nicht mehr nach Hause. Hier will ich bleiben und leben, bis mich der Wind ausdörrt. Es gibt Gräser, die leben hier oben, bis sie der Wind ausdörrt. Manche reißt der Wind aus und trägt sie fort.

Kaum war meine Mutter gestorben, bekam ich gleich große

Lust fortzugehen. Als sie noch lebte, sagte mein Vater manchmal abends zu mir: auf, an die frische Luft. Und ich ging hinaus, und er machte die Tür zu. Ich stand eine Weile da, und dann begann ich zwischen den Hütten herumzustreifen; es gefiel mir, wenn ich die Leute drinnen reden hörte und das Licht der Lampen in den Fenstern sah, das einem nachts so schön Gesellschaft leistete. Ich ging bis zum Abfallhaufen und suchte Tellerscherben. Und Sardinenbüchsen. Die Tellerscherben steckte ich mit der spitzen Seite in die Erde und machte mit ihnen die Friedhofwege und die Abgrenzungen. Meine Wege wurden nie besonders gerade, wie sehr ich auch achtgab. Die Sardinenbüchsen waren die Särge: ich füllte sie bis zur Hälfte mit Wasser, fing Ameisen und warf sie dann hinein. Angefangen hatte ich den Friedhof mit nur einer Büchse, und nach und nach wurde er dann größer. Mein Vater rief mich nach einer Weile mit einem sehr lauten Brüllen; das war, als ob mich ein Ochse riefe. Im Winter streifte ich gar nicht herum; es war zu kalt, alles viel zu schmutzig, und ich blieb unter der Tür. Und das war, als wäre ich drinnen: wegen der Geräusche. Wenn es regnete, ging ich in einem alten Kutschermantel nach draußen, der mir als Bett diente, und ich bedeckte mir den Kopf, manchmal sogar das Gesicht, um nichts zu hören und zu sehen. Eines Abends kam ein Mann vorbei, der mich kannte, und sagte, ohne stehenzubleiben: Ein schöner Witz, Junge!

Meine Mutter hieß Matilde. Wenn sie schlechte Laune hatte, sah sie mich an und brummte vor sich hin: Ich weiß auch nicht, warum wir dich gemacht haben. Und wenn mein Vater lange ausblieb und sie das Abendessen aufwärmen mußte, sagte sie die ganze Zeit, sie wisse nicht, wozu wir auf der Welt seien . . . Wir hatten ein Pärchen Kaninchen in einem niedrigen Käfig neben der Hütte, auf der Seite, wo kein Fenster war. Wegen des Gestanks. Der Draht war verrostet; zwei der Pfähle, ich meine zwei Beine, waren zerbrochen, und damit sie hielten, hatte mein Vater sie mit einem Stück Holz verstärkt, das er mit einem Band festgebunden hatte. Im Sommer kam der Kaninchengestank in die Hütte. Die Kaninchen, die wir aßen, schlachtete meine Mutter, und ich mußte ihr helfen. Sie gab ihnen mit dem Mörserstößel einen Schlag ins Genick, und wenn sie dann betäubt waren, hängte sie sie mit einer Pfote an einem riesengroßen Nagel auf, der neben dem Eingang war, und schnitt ihnen mit einem Messer die Kehle durch. Während sie ausbluteten, hielt ich die Tasse. Nun machte sie ihnen rings um die Hinterbeine einen Schnitt und zog am Fell, das sich dann linksherum kehrte, ganz naß und bunt. Wenn sie zu den Ohren kam und das Fell nicht weiter wollte, schnitt sie die Ohren dicht am Kopf ab und zog es mit einem kräftigen Ruck bis zu den Zähnen herunter. Danach hängte sie es zum Trocknen über dem Käfig auf. Die Fliegen saßen in schwarzen Trauben auf diesem von roten Adern gestreiften Weiß, wenn das Fell frisch war. Eines Tages, als meine Mutter den Kaninchen gerade Brokkoliblätter gab, entwischte eins aus dem Käfig, wie der Blitz, sagte sie. Ich fand es erst, als es dunkel wurde, neben einer Hütte, einer der letzten; die Katze hatte es getötet, und es war nur noch die Hälfte übrig. Meine Mutter tauschte das andere gegen ein gelbbraunes Huhn mit schwarzen Federn an den Flügelspitzen ein. Sein Kamm fiel ganz auf die eine Seite und verdeckte sein halbes Gesicht. Es hatte einen zerrissenen Kehllappen. Es lebte friedlich im Kaninchenstall und legte in der Legezeit jeden Tag ein Ei. Das ging ich holen, sobald das Huhn zu gackern anfing, und meine Mutter sagte, ich

solle mir mit dem Ei über die Augen streichen, das erhalte die Sehkraft. Eines Tages hatte das Ei eine so dünne Schale, daß es mir zwischen den Fingern zerbrach, und das ganze Dotter und Eiweiß landete auf dem Boden. Meine Mutter betrachtete das Huhn, das im Käfig auf und ab spazierte, und sagte, es brauche Kalk. Eine Nachbarin bewahrte sonntags immer den Rückenschulp vom Tintenfisch für uns auf, der wie ein weißes Schiffchen aussah. Das Huhn pickte daran, aber dann begann es, Eier ohne Schale zu legen, und schließlich gaben wir ihm gehackte Schalen, und die fraß es und mochte es sehr. Es legte wieder Eier mit Schale, aber nun fraß es die Eier, weil es sich daran gewöhnt hatte, Schalen zu fressen. Mein Vater stand manchmal eine ganze Weile vor dem Käfig und sagte, wobei er das Huhn anschaute: Es lebt von seinen Renten.
Als meine Mutter krank wurde, hörte ich sie von meinem Winkel aus atmen, als ob sie neben meinem Ohr atmen würde, und die Nachbarinnen sagten, das Fieber brenne in ihr. Und als sie starb, sagten sie, das Fieber sei stärker gewesen als sie. Nun war ich dran mit Essenkochen, die Hütte fegen und Wasser am Brunnen holen. Mein Vater hing seinen Gedanken nach und tat den Mund nicht auf. Nachts hörte ich, wie er sich von der einen Seite auf die andere wälzte. Bis er mich dann eines Tages rief und sagte: Komm. Er machte mir neben sich Platz, und ich schlief auf der Seite, wo die Kuhle war, die meine Mutter gemacht hatte in all den Jahren, die sie in diesem Bett geschlafen hatte. Es fiel mir gar nicht leicht zu schlafen, aus zwei Gründen: weil ich, gewohnt, auf dem Kutschermantel zu schlafen, nicht erhöht schlafen konnte und weil ich mich vor der Kuhle fürchtete und kaum zu atmen wagte. Eines Nachts weinte ich. Mein Vater wachte erst nach einer lan-

gen Weile auf und fragte mich: Was hast du? Ich wagte ihm nicht zu sagen, daß die Kuhle vom Fieber meiner Mutter glühe und daß es sei, als ob ich auf ihr schlafen und sie so noch ganz töten würde, und er sagte: Entweder hörst du auf zu weinen, oder du gehst nach draußen. Und ich ging nach draußen und bekam keine Luft und schlief unter freiem Himmel auf der Erde ein. Gleich am nächsten Tag nahm mein Vater das Huhn, zerschlug den Käfig mit dem Seil und hielt während des ganzen Abendessens das Huhn auf dem Schoß: es war ruhig, guckte alles an, manchmal mit beiden Augen und manchmal bloß mit einem, und mein Vater gab ihm Brotkrumen, und es fraß sie. Danach schickte mich mein Vater einen Teller Wasser holen und ließ es trinken: jedesmal, wenn es Wasser schluckte, reckte es den Hals, und mein Vater lachte. Und von diesem Abend an schlief mein Vater mit dem Huhn.

Ich pflanzte sechs Bohnen. Drei auf beiden Seiten neben der Tür. Meine Mutter hatte das jedes Jahr gemacht. An der Wand befanden sich außer dem Nagel, woran sie die Kaninchen zum Schlachten aufgehängt hatte, Querdrähte, die Bohnen sollten daran hochklettern. Die Bohnen begannen zu sprießen: sie schoben die Erde nach oben, und ein bißchen blieb auf ihnen liegen, wie Hütchen. Als ihnen das Hütchen abfiel, fraß das Huhn sie auf. Ich pflanzte wieder welche und baute mit dem Schilf vom Bach einen Zaun. Das Huhn schaute mir dabei zu. Manchmal kam es näher und manchmal blieb es in einiger Entfernung, das eine bleifarbene Bein erhoben. Die Katze, die das Kaninchen getötet hatte, war die einzige Katze bei den Hütten und halb verwildert. Niemand fütterte sie, sie sollte Ratten fangen. Nachts streifte sie umher. Tagsüber schlief sie auf den Dächern. Eines Tages bekam ich sie zu fassen und sperrte

sie mit dem Huhn in der Hütte ein. Das Maunzen und Miauen der Katze und der Spektakel des Huhns waren schauderhaft. Als sie still waren, öffnete ich die Tür; die Katze kam herausgerannt, und das Huhn stürzte sich auf mich und bespritzte mich mit dem Blut, das von seinem Kamm lief.
Ich habe alles mögliche versucht, um zu sehen, ob ich es nicht aus dem Haus treiben kann, aber es hat nichts genützt. Komm, Kleine, komm, ruft mein Vater schon von weitem, wenn er von der Arbeit kommt. Es wartet auf ihn, sie gehen zusammen hinein, und er gibt ihm Kohlblätter, die er von einem Arbeitskollegen geschenkt kriegt. Gestern abend waren wir draußen an der frischen Luft. Die Bohnen sind schon gewachsen und blühen. Mein Vater setzte sich das Huhn auf die Schulter und sagte mit piepsiger Stimme dauernd zu ihm: iß Blumen, iß. Dann setzte er sich, sagte mir, ich solle das Abendessen machen, und er wolle eine Zwiebel an den Salat. Ich hatte keine Zwiebel und ging mir eine borgen, bei jener Nachbarin, die uns die Tintenfischschiffchen gegeben hatte, als das Huhn Eier ohne Schale gelegt hatte. Es war sehr dunkel, und man konnte vor lauter Hitze kaum atmen. Ich kehrte zurück und zog die Füße schleppend über den Boden, um Straßen in den Staub zu ziehen, und ab und zu blieb ich stehen und betrachtete den Himmel, weil ich allmählich alles satt hatte. Der Himmel war anders als sonst, schwer und niedrig, mit einer Sorte Sterne, die wenig leuchteten. Bevor ich bei der Hütte um die Ecke bog, hörte ich die Stimme meines Vaters, als ob er sich mit jemandem unterhalten würde. Ich blieb stehen. Ich verstand nicht, was er sagte. Ich kam ein bißchen näher und streckte den Kopf vor. Mein Vater hielt das Huhn auf dem Schoß, strich ihm mit der Hand über den Rücken und sagte

leise zu ihm: Matilde, Matilde . . . Das Huhn war wie ein stiller Schatten . . . Mir verging die Lust, nach Hause zurückzukehren. Ich mag nur noch alleine sein, nicht denken, nur spucken.

Gewiz, Zenyora, iz bin daz neue Mädzen . . . Ja, iz weiz, ez izt zon neun, und um drei hätte iz kommen zollen, aber iz hab miz ein bizzen verirrt, und alz iz dachte, jetzt bin iz da, hat ein ganz fein gekleideter Herr gezagt, iz wär in Zantz. Er hat mir erklärt, wo iz durzmüzte, um nach Zant Zervazi zu kommen, und iz habe miz vorwärtzgefragt, so daz iz zliezliz im Tiergarten gelandet bin. Iz hab zämtlize Tiere gezehen: die Tiger, die Elefanten, die Papageiz und die Äffzen. Zpäter bin iz dann auf die Rambla und bin zwizen den Blumen zpazierengegangen, und die Männer, die vorbeigingen, zagten zo Zachen zu mir. Einer, der einen Zpazierztock trug, hat miz zu einem Bier eingeladen. Iz kannte ihn nizt, aber wir waren gleiz miteinander bekannt. Er hat gezagt, er wär reiz und würde gern heiraten . . . Keine Angzt, ez izt mir niztz pazziert. Zie wohnen allein? Alzo, wenn iz miz da vergezzen hätte, dann hätte iz Zie ganz zön erzreckt . . . Wenn Zie wüzten, wie lang iz zon in den Ztrazen hier herumzpaziere . . . Iz bin immer umz Hauz herum und habe Damen hineingehen zehn, und jedezmal, wenn iz gerannt bin, um zuzammen mit ihnen hineinzugehn, bin iz wieder zu zpät gekommen. Iz war drauf und dran, über die hintere Gartenmauer zu zpringen, aber iz wuzte nizt zo genau, ob ez die Mauer Ihrez Gartenz izt . . . Warum iz nizt geklingelt habe? Weil iz immer einen Zlag bekam, wenn iz die Klingel anfazzen wollte. Wenn iz ein bizzen nervöz bin, dann gibt mir allez, waz iz anfazze, einen Zlag, alz ob ez ganz elektriz wäre . . . Koffer hab iz keine, iz hab allez in dem Bündelzen da dabei . . . Nein, iz bin überhaupt nizt müde, Reizen wie die heut hätt iz zehn machen können, ohne müde zu werden, aber wenn Zie wollen, zetz iz miz in daz Zezzelzen. Zehn Zie? Iz dachte, kaum wäre iz da, müzte iz anfangen und Gezirr abwazen. Wenn Zie miz nehmen, bring iz Ihnen im Zommer den Garten in Ordnung, und an die hintere Mauer werd iz Glockenblumen und einen Kürbiz pflanzen, damit zie nizt zo kahl auzzieht. Wie izt daz, ezzen Zie gern eine feine Kürbizzuppe? Iz zon, nur krieg iz immer Zluckauf davon ... Waz iz für ein Leben geführt habe auf dem Dorf? Ja zehn Zie, daz war ziemliz langweiliz. Miz umz Hauz und um die Hühner kümmern und der Mama beim Grozziehen meiner zieben Gezwizterzen helfen ... Und alz zie groz waren, zagte Mama zu mir, ez wäre wohl bezzer, wenn iz in Dienzt ginge, da würde iz vielleizt ein bizzen gewandter und könnte ihr Geld zicken ... Gewiz, Zenyora, iz hab in zwei Häuzern gedient; iz glaube, der Herr Pfarrer hat ez Ihnen in zeinem Brief bereitz gezrieben ... Im erzten war iz bloz vierzehn Tage, weil der Junge zo ungezogen war. Wenn wir alleine waren, rief er miz: »Zerafina!« Am erzten Tag bin iz gleiz hingerannt. Iz muzte miz bolzengerade mitten in den Gang ztellen, er ging ein Ztückzen hinter miz zurück, nahm Anlauf und gab mir einen zolchen Tritt in den Hintern, daz iz, ohne ez zu wollen, fünf Meter rennen muzte, biz an die Fenzterzeiben der Galerie. Und er zrie: »Tor!« Und zo trieb er'z mit mir den lieben langen Nachmittag. Iz konnte einfach nizt nein zagen, denn wenn er auch bloz ein Junge von vierzehn Jahren war, zo war er doch der Zohn der Herrzaft und iz daz Dienztmädzen. Im zweiten Hauz ging'z mir zunäzzt bezzer, aber der Herr und die Frau waren alt und vertrugen ziz nizt, und die Frau, die immer kränkelte und ihre Tage im Bett zubrachte, hatte Angzt, daz der Mann ihr Gift in die Medizin tun würde, und zagte, iz müzze ganz gut aufpazzen, und zie wollte, daz bloz iz ihr die Medizin mit den Tropfen gäbe, und iz muzte zie vor ihren Augen abzählen. Alle zwei wurden ganz eiferzüztiz auf miz, und wenn der eine miz liez, bekam miz der andere zu fazzen. Und alle zwei fragten miz jeder für ziz: »Nizt wahr, miz hazt du lieber?« ... Wenn ez der Herr war, der miz erwizte, zagte er, waz für ein unglücklizer Menz er wär, daz er eine Wahnzinnige geheiratet habe, und obwohl die Zenyora wizze, daz er empflindlize Därme hätte, würde zie ihm kräftige Zpeizen zu ezzen geben, ob zie ihm nizt vielleizt Lözer hineinbrannten. Und er zei zizer, daz zie Zwefel in die Zozen täte. Alz iz miz bereitz an daz Hauz gewöhnt hatte, begann iz miz unwohl zu fühlen, und ein paar Tage zpäter überlegte iz, ob zie mir nizt vielleizt waz Zleztes in die Milz täten, und iz bekam zolze Angzt, daz iz nachtz nizt zlief, und wenn iz am Tag nach zo einer zlaflozen Nacht mit dem Ztaubwedel über die Möbel wizte, war'z, alz ob iz nur zo dahinflog ... Ob iz einen fezten Freund habe? Jetzt nizt, aber iz habe zwei gehabt. Der erzte hiez Miqueló. Er war ztrohblond und izt in Afrika geztorben. Iz hab ihn beim Brunnen kennengelernt. Iz ging unter den Akazien zpazieren und höre jemanden zagen: »Zo ein züzez Krauzköpfzen!« Iz dreh miz um und zeh ein paar Jungenz, die ziz luztiz machen. Alz iz ihnen zon einen Ztein anwerfen wollte, kamen zie her zu mir und zagten, alle miteinander, iz zei zehr hübz, aber mein Haar zei ein bizzen gar zerzauzt, und der gezagt hatte, iz zähe wie ein Krauzköpfzen auz, hatte ein kleinez Blatt in der Hand zum Zpielen und zteckte ez mir inz Haar. Danach trafen wir unz immer wieder und gingen auf der Landztraze zpazieren, und einez Abendz, alz wir in die Weinberge hinaufztiegen, gingen wir in ein Holzhäuzzen hinein, iz muzte mein Kleid auzziehen, und er zagte, iz zolle miz auf den Boden legen. Er legte ziz neben miz, zündete eine Zigarette an und ztreute die Aze dann in meinen Bauchnabel. Und alz er die Zigarette geraucht hatte, fing er an, miz an den Haaren unter dem Arm zu ziehen, und zwar zo fezt, daz mir die Tränen auz den Augen liefen. Und einez Tagez, alz ez regnete, gingen wir wieder in daz Häuzzen, und daz Wazzer floz in Ztrömen über den Boden, und alz wir fertiz waren, war mein ganzer Rücken voll von Zlamm, und wir muzten zreckliz lachen. Mir zelber gefiel daz allez nizt bezonderz, miz überläuft ez, wenn man miz anfazt. Alz iz klein war, hat miz einmal ein Mädzen, daz mit mir zur Zule ging, mit zeinen Läuzen angezteckt, und wenn Mama zie mir jeden Morgen ablaz, mochte iz ez gar nizt, wenn zie meinen Kopf berührte. Einige Monate vergingen, und iz muzte daz Dorf verlazzen, auch wenn mein Bauch gar nizt zu zehen war, weil Mama ihn mir jeden Tag fezt einznürte. Iz ging zu einer Tante, die drei Ztunden von zu Hauze weg wohnt, und dort bekam iz ein Mädzen. Ez ztarb zon nach dem erzten Atemzug, weil ez keine Knochen hatte. Miqueló war zon in Afrika . . . Am Tag, alz er fortging, zagte er mir, er würde nach den Kabylen eingezifft und dort würde er mit Zäbelhieben umgebracht und wir würden unz nie mehr zehen, und er zagte, fallz er getötet würde, würde er im Zterben an miz denken . . . Nach der Zache mit dem Kind begann mir der Zohn von Herrn Vidal, dem Apotheker, nachzulaufen. War Miqueló nun blond gewezen, zo zah diezer wie ein Zigeuner auz. Aber er war netter. Nachtz zprang er zum Fenzter herein und zlüpfte zu mir inz Bett. Und hübze Zachen zagte er zu mir . . . Bevor die Zonne aufging, ztand er auf, zog zeine Jacke an und machte ziz eiliz davon. Iz zaute ihm vom Fenzter auz nach und warf ihm eine Kuzhand zu, und einez Zommerz kam er nizt wieder, ez hiez nämliz, er habe ziz in Barzelona verlobt. Und iz bin dezhalb gern nach Barzelona zum Dienen gekommen, weil iz glaube, daz iz ihn vielleizt finde und ihn dann an der Haarzträhne ziehen kann, die ihm immer in die Ztirn fiel, und daz war waz, daz mochte er zehr, wenn iz ez tat. Und jetzt wizzen Zie allez. Waz die Arbeit angeht, da werde iz Ihnen zicher zuzagen: iz bin zehr zauber und ezze in kleinen Bröckzen, wie ein Vogel. Krank bin iz überhaupt nie. Hözztenz im Winter, wenn iz miz nizt warm genug anziehe, krieg iz eine Erkältung. Mein einzigzter Fehler izt, daz iz ein bizzen lizple. Zie nehmen miz doch, oder?

Wenn mich jemand fragt, ob ich Kinder mag, darf man wohl sagen, daß er an einen Punkt rührt, den er nicht berühren sollte ... Nein, mögen ist nicht das richtige Wort: ich verzehre mich nach ihnen! Stunden und Aberstunden bringe ich in Parks zu. Eines Tages setzte ich mich neben ein sehr hübsches Kindermädchen, und der Gärtner, der einen Rosenstrauch stutzte, glaub ich – ich kenne mich nämlich weder bei Pflanzen noch bei Bäumen oder Blumen aus –, schaute mich hin und wieder an und blinzelte mir zu, als ob er sagen wollte, so ein Glück! ... Er hatte nicht gemerkt, daß ich nur Augen für das Kind hatte, das einen Sandhaufen machte und mit zwei Fingerchen die Ameisen ergriff, die auf den kleinen Berg klettern wollten, und sie weit weg warf. Das Kindermädchen ... Was kann mich schon ein Kindermädchen interessieren! Ich hätte viel lieber eine ganze Schar Buben und Mädchen. Eigene ... Das Mädchen, das die Ameisen wegwarf, trug ein Kleid wie eine Wolke aus Spitzen und hatte blonde Ringellöckchen. Bis halb auf den Rücken hinunter, so winzig klein ... Und ich habe immer Glaskugeln in der Tasche, falls ich ein Kind sehe, das mir gefällt ... das heißt, wenn ich glaube, daß ich ihm keine Angst mache. Ich habe noch nie eine verschenkt. Ich trau mich nicht. Es gelingt mir zwar, die Hand in die Tasche zu stecken, um eine vorzuholen, aber dann fängt meine Hand zu zittern an, und ich lass' es bleiben. Der Arzt sagte mir, mein Vater sei daran schuld. Eine ganze Schar Kinder ... und ein Diener dabei, damit er mir, falls mir der Name eines Kindes entfallen wäre, diesen leise ins Ohr flüstern könnte, und der Diener und die Kinder würden allesamt lachen, daß ich so zerstreut bin. Ich würde mich dann nämlich nicht mehr an alle Namen erinnern können, und zu Neus würde ich Maria-Antònia sagen und zu Pere Enric . . . Was hat mir schon mein Geld genützt im Leben? Wie oft hab ich mich das nicht gefragt! Ich verliebte mich in ein Mädchen, das ich an einem Kostümball kennenlernte, als Schäferin verkleidet. Sie sah wie ein Engel aus. Wie ein richtiger Engel. »Sie sind zu verliebt«, sagte mir der Arzt, den ich damals hatte. Doch er erriet es nicht. Erraten hat es dann jener, der mir sagte, daß meine Seele verwundet sei. Er brachte mich zum Reden. Und eines Tages, als er all meine Geheimnisse erfahren hatte, nahm er seine Brille ab und sagte, während er die Gläser mit einem Tüchlein putzte, daß mein Vater die Schuld habe. Aber heilen konnte er mich nicht. Und wenn ich einen Park verlasse, geschieht es immer mit feuchten Augen. Ich kann da nichts machen, es ist wie eine Krankheit . . . Zu Hause, im alten Haus auf dem Dorf, hatten wir im ersten Stock eine verglaste Galerie. Drei Balkone gingen dort hinaus: der meines Schlafzimmers, der des Schlafzimmers meiner Eltern und der des Besuchszimmers, das zwischen den beiden lag. Im Besuchszimmer gab es elegante Stühle, die mit cremefarbenem Samt bezogen waren und vergoldete Beine und Lehnen hatten. Mitten in der Galerie stand ein Rohrtisch mit vier passenden Sesseln darum herum; und, einer in jeder Ecke, zwei Schaukelstühle mit Spitzendeckchen an der Stelle, wo man den Kopf hinlegt, welche mit glänzenden rosa Seidenbändern angebunden waren. Ich sehe es, als ob ich noch dort wäre. Eines Nachmittags strafte mich mein Vater, weil ich in der Schule Eselsohren aufgesetzt bekommen hatte: »Geh nach oben«, sagte er, »daß du mir nicht mehr vor die Augen kommst!« Ich setzte mich in den einen Schaukelstuhl und schaukelte drauflos. Ich betrachtete die Fensterscheiben der Galerie, welche farbig waren. Da gab es weiße und blaue, die nach oben führten und eine Säule formten, immer abwechselnd. Zuoberst lief quer über die ganze Breite ein Fries aus gelben Gläsern. Zuunterst ein Fries aus lila Gläsern. Und zwischen den beiden Friesen und den Gläsern, die nach oben führten, gab es rechts und links grüne und rote und pflaumenfarbene, was man nur wollte! Die pflaumenfarbenen waren Lilienblätter, und die Blätter der Lilienstengel waren aus grünem Glas. Die Galerie ging aufs offene Feld hinaus, und das Gelände stieg an und erhob sich, von einem ausgefahrenen Weg durchschnitten, gegen den Berg. Und vom vielen Schaukeln und dem ewigen Anblick all dieser Farben, die in der untergehenden Sonne aufleuchteten und Kringel auf die Wand und den Boden der Galerie malten, wurde mir schwindlig. Um den Schwindel zu vertreiben, stand ich auf und drückte die Nase an ein rotes Glas. Und da kam die Herde herunter. Man hörte Glocken und Hundegebell; und dann erschien das erste Schäfchen. Ganz rot. Danach tauchten noch mehr auf, und während sie herabstiegen, lief ich von einer Scheibe zur andern, damit ich sie immerfort sehen konnte. Bald war da ein pflaumenfarbenes Lamm hinter einem Lilienblatt, bald ein blaues daneben und bald ein grünes auf halber Höhe ... Ich bückte mich, so tief ich konnte, weil die lila Scheiben ganz unten waren, und ich erblickte drei lila Lämmchen ... Und als ich gelbe sehen wollte – die gelben Scheiben waren die zuoberst, vom Fries –, war die Herde schon vorbeigezogen. Ich setzte mich wieder in den Schaukelstuhl, mäuschenstill und vergnügt wie eine Nachtigall, wie ein Hänfling, wollte ich sagen, denn Nachtigallen sollen ja eher traurig sein ... Vergnügt wie ein Hänfling, aber all die

Freude war innerlich. Und mein Vater ließ mich zum Abendessen rufen, und ich aß immerzu mit niedergeschlagenen Augen, und mein Vater schaute mich mit finsterem Blick an, denn er mochte denken, ich sei wegen der Strafe so verzweifelt. Kaum war ich anderntags aus der Schule gekommen, küßte ich ihm zur Begrüßung die Hand und schlich dann heimlich auf die Galerie. Und die Herde kam und kam nicht, und als ich das Bellen des Hundes hörte, nahm ich den Tisch und rückte ihn an die Scheiben und stellte einen Sessel auf den Tisch und auf den Sessel mit größter Mühe einen der vergoldeten Stühle. Und als das erste Lamm auftauchte, betrachtete ich es durch die blaue Scheibe und dann durch die Lilie und dann durch die grünen Blätter, und die Lämmer zogen vorbei, und ich betrachtete sie, im Wechsel der Farben, von der einen Seite zur andern, und da gab es rote, die nicht alle gleich rot waren, die einen kräftiger und die anderen schwächer, und schließlich kletterte ich nach oben, und die allerletzten Lämmer waren gelb . . . Meine Begeisterung hielt tagelang an, bis ich eines Nachmittags, als ich mit den Schuhen auf den empfindlichen cremefarbenen Samt des vergoldeten Stuhls geklettert war, hinter mir einen lauten Schrei hörte: »So ein großer Kerl und macht solche Eseleien!« Es war mein Vater. Vor Schreck machte ich einen Satz, der Stuhl rutschte weg, und alles fiel herunter: der Stuhl, der Sessel und ich vom Stuhl zuoberst. Ich brach mir den Arm, in der Ellbogengegend, und der Arzt sagte, daß ich großes Glück gehabt hätte, ich hätte tot sein können. Als ich mich verheiratete, war ich verliebt bis über die Ohren. Ich hatte mich eben um eine öffentlich ausgeschriebene Lehrstelle beworben, nicht weil ich es zum Leben nötig gehabt hätte, sondern weil ich damals noch glaubte, daß es sehr verdienstvoll wäre, wenn man zwei Dutzend Unglücksvögeln ein paar Brocken Latein begreiflich machen könnte ... Ich heiratete also wahnsinnig verliebt, und in der Hochzeitsnacht, als ich dieses herrliche Gottesgeschöpf neben mir sah, fühlte ich, wie eine große Freude in mir aufkam, eine Art Freude, die sich nicht erklären läßt, dieselbe Freude wie damals, als ich die Lämmer in allen Farben sah. Eben das, was man Daseinslust nennt ... aber stärker noch ... vermischt mit einem leichten Geschmack nach Kindheit ... *Et ecce infantia mea olim mortua est et ego vivo* ... Mit Worten läßt sich das nicht fühlbar machen. Doch auf einmal, wie ein Schlag mit einem Stein mitten auf die Stirn, hörte ich den Schrei meines Vaters, und ich glaubte zu fallen und lag da wie halb tot. Ein Unglück. Meine Frau war sehr jung und ganz arglos, und ich konnte ihr nicht klarmachen, was mit mir los war ... Nach ein paar Jahren verlangte sie die Trennung, weil sie mich über hatte. Und nie wird jemand wissen können, wie sehr ich sie liebte ... Sie war meine Frau und das Kind, das ich nicht haben konnte, und ich ging mit ihr um wie mit einem dreijährigen Mädchen. Komm, Kleine, was soll ich dir denn kaufen? Ich hätte ihr am liebsten Puppen gekauft. Vor jedem Schaufenster mit Spielzeug blieb ich stehen und dachte: ich werde ihr das schwarzweiße Pferdchen da kaufen mit dem Zaum aus rotem Lackleder und die Pfeile da mit einer grünschwarzen Feder am Ende und dieses kleine Theater mit dem Vorhang, der sich hochziehen und senken läßt, und dieses Hündchen mit dem Stummelschwanz, das laufen kann. Wenn der Dreikönigstag kam, geriet ich ganz außer mich ... wenn ich all die Kinder Schlange stehen sah, damit sie ihre Briefe, in denen sie sich Bälle und Marmeln und Kanonen wünschten, in den Briefkasten des Königs aus Karton werfen konnten. Ich hatte eine Freundin; ich weiß auch nicht recht, warum. Vielleicht weil ich die Gegenwart eines Menschen brauchte und weil ich mir noch ein klein wenig Hoffnungen machte. Sie war eine Künstlerin, ein schwer zu beschreibendes Mädchen, Himmel und Hölle in eins. Sie sang . . . Was ich mir alles sagen lassen mußte! Und Geld hatte ich und Gesundheit. In Hülle und Fülle. Wo ich mir doch nicht ein oder zwei Kinder, sondern eine ganze Schar gewünscht hätte. Und ihr Schreien und Lachen hören. Jetzt wären sie schon groß, und es wäre schon wieder Zeit für einen Schwarm neuer Kinder, Enkelkinder, und alles meine eigenen. Im Sommer, wenn ich aufs Dorf fahre, bin ich immer ganz hingerissen vom Anblick der Bruthenne. Wie sie aufgeplustert dahockt, und die Küken gucken unter ihr und zwischen ihren Flügeln hervor. Und gegen Abend setze ich mich in einen Schaukelstuhl auf der Galerie, dieselbe wie früher, nur wenig verändert, und während ich die bunten Scheiben betrachte, nicke ich ein bißchen ein und lege mich ganz in die Lehne zurück und denke im halben Dämmerschlaf, daß da Kinder sind, die an meinen Beinen hochklettern und auf mich steigen, die Brust herauf. Und ich lehne mich zurück, so weit ich kann, damit sie ohne Mühe hochkommen. Und mit ihren zarten Händchen berühren sie mein Gesicht . . . Und die Katze mit den Kätzchen genau gleich. Alle rings herum und auf dem Rücken . . . schön warm.

Es tut mir leid, daß Sie die Tür noch mal aufmachen müssen, wo Sie sie eben geschlossen haben, aber Ihr Kurzwarenladen ist der einzige auf meinem Weg, wenn ich von der Arbeit komme. Ich gucke schon seit einigen Tagen ins Schaufenster ... Es ist zum Lachen, glaub ich, daß ein Mann in meinem Alter, schmutzig vom Zement und müde vom Herumklettern auf dem Bau ... Ich will mir nur mal den Schweiß vom Nacken wischen: der Zementstaub dringt in die Hautfalten ein, und die entzünden sich wegen dem Schweiß. Ich hätte gern ... In Ihrem Schaufenster haben Sie alles, nur nicht, was ich gern hätte ... vielleicht deshalb, weil man so was nicht ins Schaufenster tut. Sie haben da Halsketten, Nadeln, alle möglichen Sorten Garn. Garn scheint wirklich was zu sein, wonach die Frauen ganz närrisch sind ... Als ich klein war, kramte ich immer im Garnkörbchen meiner Mutter herum und steckte die Röllchen auf eine Stricknadel und hatte meinen Spaß daran, sie tanzen zu lassen. Es ist zum Lachen, daß ein Kerl, wie ich einer war, sich mit solchen Sachen vergnügte, aber eben, so ist das Leben nun einmal. Heute hat meine Frau Namenstag, und sicher denkt sie schon, ich werd ihr nichts schenken, würde nicht daran denken. Was ich gern hätte, das haben die Frauen von den Kurzwarenläden manchmal in so großen Kartonschachteln drin ... Was meinen Sie, soll ich ihr eine Halskette schenken? Aber die gefallen ihr nicht. Als wir heirateten, hab ich ihr eine aus Glas gekauft, mit lauter Glaskugeln in der Farbe von Dessertwein, und ich fragte sie, ob sie ihr gefalle, und sie sagte: ja, sehr. Und sie hat sie kein einziges Mal umgehängt. Und wenn ich sie fragte, hin und wieder bloß, um sie nicht zu langweilen: Hängst du nicht mal die Kette um?, sagte sie, sie sei zu auffällig für sie, sie käme sich wie ein Schaukasten vor, wenn sie sie umhängen würde. Und davon konnte ich sie nicht abbringen. Der kleine Rafael, unser erster Enkel, der ganz behaart und mit sechs Zehen an jedem Fuß auf die Welt kam, nahm dann die Kette zum Klickerspielen. Ich seh schon, ich halte Sie auf, aber manche Sachen sind einfach so schwierig für einen Mann. Ich lass' mich gern zum Einkaufen schicken, für alles, was Eßwaren sind, ich bin keiner von denen, die sich schämen, mit dem Marktkorb herumzulaufen, im Gegenteil, ich suche gern Fleisch aus, der Fleischer und ich, wir sind seit frühester Kindheit befreundet; und Fisch aussuchen auch. Die Fischhändlerin, also ich meine, ihre Eltern verkauften schon meinen Eltern Fisch. Aber was anderes kaufen als Eßwaren . . . da bin ich Ihnen hilfloser als ein Käuzchen bei Tag. Raten Sie mir. Was meinen Sie denn, was ich ihr schenken könnte? Zwei Dutzend Spulen Garn? . . . in verschiedenen Farben, aber vor allem schwarz und weiß, die Farben braucht man immer. Vielleicht würde ich ihren Geschmack treffen, doch wer weiß! Vielleicht würde sie sie mir an den Kopf werfen. Es kommt drauf an, aber manchmal, wenn sie schlecht gelaunt ist, behandelt sie mich wie ein kleines Kind . . . Ein Mann und eine Frau, nach dreißig Jahren Ehe . . . Die allzu große Vertrautheit ist schuld. Das sag ich immer. Aber all die Stunden gemeinsamen Schlafs, all die Todesfälle und Geburten, alle Tage derselbe Trott . . . Und ein paar Stück Band? Natürlich nicht. Ein Spitzenkragen? Ein Spitzenkragen, das geht an. Mir scheint, wir kommen der Sache näher . . . ein Spitzenkragen. Sie hatte mal einen ganz aus Rosen, mit Knospen und Blättern. Es fehlen dir nur noch die Dornen dran, habe ich jedesmal zum Scherz gesagt, wenn sie ihn sich auf ein Kleid nähte. Aber jetzt zieht sie sich nicht mehr schön an, sie lebt nur fürs Haus. Sie ist ein richtiges Hausmütterchen. Wenn Sie sehen würden, wie bei ihr alles glänzt . . . Die Gläser im Büffetschrank, du lieber Himmel, ich glaube, sie staubt sie dreimal täglich ab, und zwar mit einem Tuch aus Leinen. Sie nimmt sie unendlich behutsam in die Hand, stellt alle auf den Tisch, und dann geht's los, immer innen rundherum mit einem Tuchzipfel. Dann stellt sie sie wieder schön hin, die einen neben die andern, wie Soldaten, die einen großen Hut aufhaben. Und erst die Pfannenböden! . . . Man könnte meinen, sie koche das Essen draußen statt drinnen. Zu Hause riecht alles sauber. Was glauben Sie wohl, was ich mache, wenn ich heimkomme: hinter die Zeitung hocken oder die Nachrichten hören? . . . Da steht dann schon eine Wanne mit Wasser auf der Galerie, von der Sonne vorgewärmt; ich muß mich einseifen, und sie spült mich mit einer Gießkanne ab. Wir haben extra einen Vorhang, grünweiß gestreift, damit die Nachbarn mich nicht sehen. Und im Winter muß ich mich in der Küche waschen. Das ist vielleicht eine Arbeit nachher, bis sie das Wasser wieder aufgewischt hat, das auf den Boden geflossen ist. Und wenn meine Haare zu lang sind, schimpft sie ein bißchen mit mir. Und jede Woche schneidet sie mir die Nägel . . . Ach ja, wegen des Kragens, ich weiß nicht . . . Und Wollknäuel für einen Pullover? . . . Aber ich weiß nicht, wieviel sie brauchen würde . . . Und dann bei dieser Hitze Wolle kaufen und ihr etwas schenken, was ihr Arbeit macht . . . Lassen Sie mich mal lesen, was da auf den Schachteln steht. Vergoldete Knöpfe, silberne Knöpfe, beinerne Knöpfe, matte Knöpfe. Klöppelspitzen. Kinderhemdchen. Gemusterte Socken. Schnittmuster. Kämme. Mantillen. Ich sehe, ich muß mich entscheiden, denn wenn ich es nicht tue, werfen Sie mich am Ende noch mit Gewalt hinaus. Wo wir jetzt miteinander geredet haben und ich schon ein bißchen Zutrauen hab, wissen Sie, was ich eigentlich gern hätte? Eine Damenunterhose ... Eher lang. Mit gekräuselter Spitze unten wie ein Volant und einem Bändchen, das vor dem Volant durch lauter Löcher gezogen ist, und die beiden Enden zu einer Doppelschleife gebunden. Haben Sie solche? ... Hat mich ganz schön Überwindung gekostet, Ihnen das zu sagen. Sie wird sich wahnsinnig freuen. Ich werd sie ihr heimlich aufs Bett legen, eine Überraschung wird das! Ich werde zu ihr sagen: geh mal das Bett frisch beziehen, und sie wird sich schrecklich wundern, geht das Bett beziehen, und was findet sie: die Unterhose. Oje, da hat sich der Deckel verklemmt. Solch große Schachteln lassen sich schlecht auf- und zumachen. Schon in Ordnung. War nicht der Aufregung wert. Mir gefallen die mit der noch stärker gekräuselten Spitze, weil das dann zuunterst wie Schaum aussieht ... Blau das Band? Nein. Rosa sieht hübscher aus. Zerreißen die auch nicht so schnell? Wo sie doch so geschäftig ist und nie ruhig sein kann ... wenigstens verstärkt sollten sie sein. Ich glaub schon, daß sie haltbar sind, und außerdem, wenn Sie's mir sagen ... Und der Stoff ist Baumwolle? Sehr schön gewoben. Das wird sie schon merken, klar. Und sagen wird sie's mir auch. Sie gefällt mir, wird sie sagen. Sonst nichts. Sie macht nämlich nicht viel Worte, gerade soviel, wie nötig sind. Welche Größe? ... Da weiß ich nun wirklich nicht Bescheid. Falten Sie sie doch mal auseinander ... Wissen Sie, sie ist so rund wie ein kleiner Kürbis. Fürs Bein braucht sie mindestens die Bundweite von diesen da. Und das ist die größte Nummer, die Sie haben, sagen Sie? Als sie zwanzig Jahre alt war, da hätten sie ihr prima gepaßt ... doch wir sind alt geworden. Natürlich, Sie können da nichts machen. Ich auch nicht. Ich sehe bloß gar nichts anderes, was ihr gefallen könnte. Sie hat sich immer nützliche Sachen gewünscht. Was mach ich denn jetzt? Ich kann doch nicht mit leeren Händen daherkommen. Außer ich kaufe was beim Konditor an der Ecke ... Aber klar, das ist natürlich nicht das gleiche. Ein Mann, der arbeitet, hat so wenig Zeit, um bei sowas gute Figur zu machen ...

Wollen Sie nicht ein bißchen näher kommen? Stellen Sie sich unter meinen Schirm ... Sie hab ich doch auch schon gesehen, im Vorbeigehn, vor dem Käfig mit den Sekretärsvögeln ... Der Sekretär gehört zu einer Sorte Vögel, die ich nicht mag. Es gibt Tiere, die ganz seltsame Dinge machen. Ich weiß ja, im Grunde ist es nur natürlich, wenn ein Vogel, der sich von Schlangen ernährt, eine Schlange in die Luft wirft und immer höher und höher hinauf und dann auf ihr herumtritt, bis sie tot ist. Da gefällt mir das Chamäleon besser: einmal die Zunge vorgeschnellt, und dann *ora pro nobis* ... Dieser Sprühregen macht mich ganz selig. Gestern hab ich, bevor ich ins Bett ging, den Kopf aus dem Fenster gestreckt. Im Westen war eine kleine Wolke, und ich dachte, daß wir heute Regen kriegen würden, und nun sehn Sie nur! Sie können mir's glauben, das gefällt mir. Vor allem, weil Sonntag ist: graues Licht, daß man am liebsten im Bett herumfaulenzen würde, die Blätter doppelt so schwer wie sonst, und dann die Regenschirme, eine wahrhaft raffinierte Erfindung. Alles wäre bestens, wenn da nicht die Sache mit den Streben wäre. Haben Sie nicht auch schon Angst gehabt, Sie könnten eine Schirmstrebe ins Auge kriegen? Mag sein, daß sowas mein Lebtag nicht passiert ist, aber gegen die Angst kann man nichts machen. Ich kenn mich aus! Ich denke immer, daß ich genau auf die Höhe der Spitze komme und daß der Schirm nur ein klein wenig zu schwanken braucht, und im Nu hab ich die Spitze im Auge ... Nun sehn Sie doch, da kommt er ja! Wenn ich ihn so aus seinem Bau kommen sehe und er sich nähert, seelenruhig ... Sehn Sie, wie er den Rüssel hebt? Er hat grad geschlafen und hat noch Stroh am Rücken. Er atmet die Luft ein, die der Regen rein gewaschen hat, und nebenbei begrüßt er uns ... Wissen Sie, wer den Elefantenorden gegründet hat? Knut IV., König von Dänemark im zwölften Jahrhundert. Sehn Sie? Sie kennt er wahrscheinlich nicht so gut wie mich und guckt Sie aus den Augenwinkeln an, das heißt: er prüft Sie. Wenn Sie nicht neben mir säßen, wäre er schon bei mir am Gitter und würde mit ausgestrecktem Rüssel um Kekse betteln ... Also: Knut IV., in Dänemark. Finden Sie das nicht seltsam? Christian V. hat ihn im Jahr 1693 reorganisiert; ich weiß es auswendig. Und es heißt, er sei geändert worden im Jahre ... warten Sie ... ich hab's im Kopf, in Schublädchen drin; bloß daß es manchmal Schublädchen gibt, an denen ich erst ein Weilchen rucken und rütteln muß, bevor ich sie aufkriege ... im Jahre 1808. Ich habe ein ausgeprägtes Gedächtnis für Daten. 1808. Wer weiß, wo wir beide damals gesteckt haben ... Finden Sie es nicht gemütlich, so dazusitzen und zu hören, wie der Regen leise auf den ausgespannten Stoff trommelt? ... Und so wenig Leute an Regentagen. An solchen Tagen verkriechen sie sich. Besonders am Sonntagmorgen. Gefällt Ihnen das nicht auch: diesen Geruch nach reingewaschenen Blättern und frischer Erde einatmen und dieses gute Vieh hier vor uns sehen? Sie müssen wissen, daß mich alles, was mit Elefanten zu tun hat, interessiert. Auf dem Ehrenzeichen ist ein Elefant abgebildet, der einen Turm trägt, und dieser Turm wird von einem blauen Band gehalten, das quer unter dem Bauch des Elefanten durchgeht. Hübsch, nicht? Die Leute, denen der König den Orden verlieh, trugen Hosen aus weißem Satin, einen karmesinroten Samtmantel mit Schößen und einen Hut mit Feder. Festlich gekleidet waren die, meinen Sie nicht auch?

Pst, kein Wort . . . und tun Sie so, als ob Sie nicht hinschauen würden, um ihn nicht zu verscheuchen . . . Nun sehn Sie bloß, wie er näher kommt . . . Wenn wir uns ganz harmlos unterhalten, wird er bald den Rüssel aufs Geländer legen . . . Xu-Iu-Hua, König von Siam, stiftete im Jahre 1890 den Elefantenorden: eine Medaille mit einem roten, von einer grünen Borte eingefaßten Band. Die beiden Farben werden von zwei Streifen getrennt, einem blauen und einem gelben . . . Jetzt hat er uns den Rücken gekehrt . . . Möchten Sie sehen, wie ich ihn im Nu dazu bringe, daß er sich wieder umdreht? Er braucht bloß das Geknister der Tüte zu hören. Schaun Sie, wie er die Ohren bewegt und sich verstellt. Der Erzgauner! Dieses Wetter macht ihn wohl nervös. Weder Sonne noch Regen, nur dieses bißchen Geniesel. Wenn die Sonne scheint, tut er das nie . . . beim ersten Papierknistern legt er den Rüssel auf das Gitter, wie ein Mann . . . versuchen wir's anders: Mäuschen, magst nicht einen kleinen Keks? Ich sag Mäuschen zu ihm, weil er so eine Mausfarbe hat. Ich weiß nicht, warum zum Kuckuck die so eine runzlige Haut haben. Halten Sie mir bitte mal den Regenschirm. Da, Kleiner, nimm. So wählerisch hat er auch noch nie getan. Vielleicht mag er Sie nicht. Oder vielleicht ist er krank. Nachmittags ist der Park immer voll von Kindern, die ihn mit Brotbrocken vollstopfen; er frißt sie aus lauter Höflichkeit. Aber es wird ihm schon langweilig werden, so dazustehen mit hängendem Kopf, den Rüssel zwischen den Zähnen. Bloß eine Frage der Geduld. Solange er den Beleidigten spielt, will ich Ihnen vorlesen, was im »Fabra« steht. Ich hab's mir auf diesem Papier abgeschrieben, das ich immer in der Brieftasche trage. Es fängt an mit »Elefant«, und dann wird das Geschlecht angegeben: maskulin. Weiter steht, er sei ein Säugetier der Ordnung Rüsseltiere und das größte der Landsäugetiere, mit dicker Haut ... das wußten wir schon ... unbehaart, die Nase verlängert zur Form eines Greifrüssels, *proboscis* ... ein schönes Wort, dieses *proboscis*, nicht? ... und zwei sehr langen Schneidezähnen, den Stoßzähnen, welche den größten Teil des Elfenbeins für den Handel liefern. Ach, diese vielgepriesenen Figürchen! ... Man unterscheidet zwei Arten: den indischen und den afrikanischen Elefanten ... In Indien werden sie bemalt. Haben Sie das nie gesehen in der Wochenschau? Man malt ihnen rote Blätter mit goldener Borte auf, grüne und blaue, und nimmt sie mit zum Fest ... Die Stärke eines Elefanten ist ungeheuerlich. Mit ein paar Rüsselschlägen mähen sie dir einen Wald nieder. Nun ja ... hat er sich noch nicht gerührt? Jetzt hab ich's: der Regenschirm macht ihm angst. Dann machen wir ihn zu; bei dem bißchen Regen lohnt es sich nicht, daß wir ihn aufhaben. Und nun wollen wir eine Weile ganz still sein und beobachten. Was hab ich Ihnen gesagt? Sehn Sie nur, wie er den Rüssel bewegt und auf einmal lacht, weil wir verstanden haben ... So sehn Sie doch, wie er den Rüssel an die Stirn legt. Mäuschen! Schnell, halten Sie mir die Tüte. Nimm, braver Kerl ... Haben Sie gesehen, wie fein säuberlich er den Keks genommen und sich in den Mund gesteckt hat? Ich sag's ja schon immer: den Tieren brauchen wir nichts beizubringen. Im Gegenteil, sie sind es, die ... Komm, Junge, noch ein Keks! Na los, Herr Elefant, wie Mariona immer sagte, frühstücken Sie. Das war meine Kleine. Die fiel uns wie vom Himmel, als wir schon älter waren, und meine Frau hat es das Leben gekostet .. Jeden Sonntag besuchten wir den Elefanten ... Nun sehn Sie nur, wie er sich vollfrißt. Ich verzichte auf den Zucker in meinem Milchkaffee, nur damit ich ihm dafür

Kekse bringen kann. Und warten Sie, Sie haben noch gar nicht alles gesehen. Wenn er hört, daß ich die Tüte zusammenknülle, und sieht, daß ich sie in den Papierkorb werfe – und das heißt ja, daß der Spaß mit dem Kekseessen vorbei ist –, beugt er die Knie und macht mir einen Bückling. Geben Sie mir die Tüte; Sie werden gleich sehen. Sehn Sie? Ich zeig sie ihm bloß. Ich lass' ihn ein bißchen zappeln ... Wenn Sie gesehen hätten, wie Mariona lachte wegen dem Elefanten. An dem Tag, als ich ihr all das von jenen Herren mit Satinhosen und rotem Mantel und dem Elefanten mit dem Turm auf dem Rücken erzählt hab, saßen wir so da, wie wir beide jetzt ... Augen machte sie! ... Und auf dem ganzen Nachhauseweg war sie ganz in Gedanken: man merkte, daß sie über die Dinge nachsann, die ich ihr erzählt hatte, und sie nahm meine Hand und drückte sie fest ... Ein Jahr vor ihrem Tod wurde sie immer schalkhafter ... Sie stahl mir meinen Schuhlöffel, den ich immer in der Nachttischschublade aufbewahre, und steckte ihn in die Brusttasche meiner Jacke. Ich weiß nicht, wie sie es anstellte, daß ich sie nicht dabei erwischte. Ich sagte nichts. Jedesmal, wenn ich den Schuhlöffel in meiner Tasche fand, legte ich ihn stillschweigend in die Nachttischschublade zurück ... Arme Kleine! Manchmal denke ich, ich hab sie nicht lieb genug gehabt. Meine Freunde hatten es ja gesagt: ein Mann taugt nicht fürs Großziehen eines kleinen Mädchens. Als sie schon gestorben war, las ich irgendwo, daß die Erwachsenen die Kinder nicht verstehen, weil die noch immer den Himmel in sich tragen, den wir in sie gelegt haben, als wir sie machten, und an den wir uns nicht mehr erinnern ... Vielleicht hätte ich zu ihr sagen sollen: »Schon wieder der Schuhlöffel?« und mich wütend stellen müssen, damit sie lachen mußte. Aber ich dachte, das sei schon gut, wenn ich nichts sagte und wir so spielten . . . Am Tag, als sie zum ersten Mal dem Elefanten einen Keks geben durfte, hatte sie, entschuldigen Sie, enorm Schiß. Doch als sie sah, daß das Mäuschen ihr den Keks nahm, so wie Sie selbst es gesehen haben, mit diesem fleischigen Zänglein und so fein säuberlich . . . da konnte sie nicht genug lachen und springen. Sie war mein Liebling. Da, nur noch ein Keks übrig . . . Und ich hab gedacht, er sei krank. Für ihn sind die Kekse wohl viel weniger als ein Stück Zucker; meinen Sie nicht? Da geht viel Essen rein, in so einen Elefanten. So, mein Junge, da ist der letzte! Und jetzt kommt das Schönste: passen Sie auf, sehn Sie? Ich zerknülle die Tüte, ganz langsam zerknülle ich sie, strecke ruhig, ganz ruhig den Arm aus . . . schaun Sie, wie er meinem Arm mit dem Blick folgt . . . und peng! und ich werf die Tüte weg. Und da haben wir auch schon den Bückling. Wie feinfühlig er doch ist! Ich weiß nicht, ob Sie bemerkt haben, daß die Figürchen aus Elefantenstoßzähnen so etwas von Anmut an sich haben . . . Und jetzt ab nach Hause zum Essenkochen. Ich sehe, daß es sich aufhellt, und wenn die Sonne hervorkommt, dann wird es hier im Nu voll sein. Los! gehn wir. Wenn Sie noch bis zum Käfig mit dem Sekretär hin wollen, begleite ich Sie ein Stückchen: ich muß sowieso dort vorbei.

»Wenn Sie gern rudern – hinter dem Wald finden Sie den Fluß und das Boot«, sagte die Frau meines Freundes. Sie hatten mich eingeladen, das Wochenende auf ihrem Landsitz zu verbringen, und jedermann wußte, wie sehr ich das Wasser liebte. Ich erinnere mich an Mama, wie sie mit geradezu ängstlicher Hast erzählte, ich hätte als ganz kleines Kind gelacht, wenn ich gebadet wurde, und hätte, wenn man den Schwamm über mir ausdrückte, den Mund wie ein Fisch aufgemacht. Den ersten lebhaften Eindruck von Regen hatte ich im Landhaus, wo wir unsre Sommer verbrachten. Eines Nachts regnete es in einem fort, und ich stand auf, um dem Wasser zuzuschauen. Ich fürchtete mich in der Dunkelheit, aber ich ging auf die Terrasse hinaus, legte mich auf den Boden, der Regen fiel mir in den Mund, ich trank, und meine Angst verging. Das war das Wasser, das die Quellen füllte, dachte ich. Und jeden Tag stocherte ich mit einem Schilfrohr in der Quelle herum, damit ihr Wasser schnell ausging und sie die Wolken um mehr Regen bäte. Ich lernte schwimmen im Fluß. Mitten im Fluß befand sich eine kleine Sandinsel; dort legte ich mich hin, hielt die Beine ins Wasser, schloß die Augen und spielte, das dahineilende Wasser nähme mich mit auf die Reise um die Welt. Mein Durst läßt sich gar nicht sagen. Eine wahre Leidenschaft für das Gefühl von frischem Wasser auf dem Zahnfleisch, für das Gefühl von Wasser, das durch die Kehle rinnt. Ein Glas voll Wasser, die Hand im Wasser, die Wange unter dem Wasser, das Bad . . . Meerwasser mag ich nicht. Mein Wasser ist das Süßwasser, das Frühlingswasser, Wasser mit Röhricht, mit Blätterschatten an den Ufern, nicht sehr tie-

fes, durchsichtiges Wasser, mit Kieselsteinen auf dem Grund. Fließendes Wasser. Salzwasser greift an, Süßwasser nimmt einen auf. Süßwasserträume sind ohne Ende.
Bei Tagesanbruch stand ich auf; Wind wehte, und um mich her wirbelten einige von der Hitze versengte, vorzeitig abgefallene Blätter. Meine Freunde mochten noch schlafen: von außen gesehen machte das Haus einen seltsam verlassenen Eindruck, als ob nie jemand darin gewohnt hätte. Der Wald senkte sich in einem leichten Abhang zum Fluß hinunter, doch den sah man nicht, da er von hohem Gras und einer Reihe uralter Weiden verdeckt wurde. Ein Vogel rief: eine Elster, zum Himmel auf, über den Bäumen. Eine zweite folgte ihr, das Gefieder blau in seiner Schwärze und die Flügelspitzen weißer als Salz. Ich durchquerte den in der Dämmerung noch grauen Wald, als die Gerüche der würzigen Kräuter sich zu vermischen begannen. Das Wasser schimmerte, übersät von Licht- und Schattenflecken. Der erste Sonnenstrahl schien durch die Zweige und erlosch auf dem Wasser, um auf dem Grund als weißes Spinnweb verschwommen wieder aufzuleuchten. Wo die Reihe der Weiden zu Ende war, ragte das Röhricht auf. Das Ufer war mit Gras bewachsen. Ich fand das Boot hinter einem Gebüsch, das mit flammenfarbenen Kugeln gesprenkelt war, wie ein erstarrtes Feuer. Grün war es, der Anstrich rissig und ausgetrocknet. Die Ruder schwarz, als ob man sie mit Teer eingeschmiert hätte. Inmitten des Röhrichts, dicht beim Kiel des Bootes, schaukelte eine Puppe mit gespaltenem Kopf. Ihr Kleid, in Wetter und Wasser vermodert, hatte einen Saum aus kleinen Blättern. Bevor ich ins Boot stieg, badete ich. Das Wasser war zähflüssig, kein junges Wasser, sondern wie abgestanden, und der Fluß glich eher einem schmalen See als einem Fluß und war so grün, daß ich

meine Arme kaum erkennen konnte, wenn sie vom Wasser bedeckt waren. Ich schwamm eine Weile. Als ich nachher im Boot saß, betrachtete ich meine Hände. Ich war zehn Minuten im Wasser gewesen, aber die Haut rings um meine Nägel war so weiß und runzlig, als wäre ich den ganzen Morgen darin gewesen. Als ich zu den Rudern greifen wollte, bekam ich Lust, ein bißchen auszuruhen: bei geschlossenen Augen und erhobenem Kopf konnte ich in der leichten Brise und im leisen Summen der Insekten – einen Augenblick zuvor hatte eine goldglänzende Biene auf dem Bootsrand gesessen – fast das langsame Kreisen aller Dinge erahnen, der Erde und des Wassers, der Insel von Weizen und Felsen und Bäumen, getragen von Wogen des Lichts und der Nacht. Und ich begann mit den schwarzen Rudern zu rudern. Das Boot bewegte sich träge: der Fluß war wie aus Öl, und die Ruder wurden immer schwerer. Ich ließ ein Schilfdickicht hinter mir und gelangte unter ein Laubgewölbe. In der Höhe brachte der Wind das Grün der Blätter zum Aufleuchten und Erlöschen, doch statt mich zu erfreuen, gab mir dieses Widerspiel von Licht und Schein am Eingang zum Schatten einen kleinen Stich ins Herz: es war, als ob mir irgend etwas Lebewohl sagte. Plötzlich verschwanden die hellsten Grüntöne; der Wind hatte sich gelegt, und es bewegten sich nur noch die welken Blätter auf dem Wasser – eine Decke aus Rosttönen, die mit jedem Ruderschlag aufgerissen wurde. Vom Wasser stieg ein betäubender Duft auf. Draußen mußten Blumen mit Feuer auf den Blütenwangen stehen, brannte auf beiden Seiten wohl die Sonne auf die Erde, doch auf dem Wasser war das Licht düster und unangenehm. Ich sah, daß der Fluß schmaler wurde und die Baumstämme dichter standen, moosbewachsene Stämme, glänzend vor warmer Nässe, derselben, die an meiner Haut klebte. Es verging eine geraume Weile, und ich ließ, fast ohne es zu merken, das Rudern sein. Nichts war zu hören, weder das Rascheln eines Tierchens noch der Ruf eines Vogels. In mir drin begann sich etwas zu verändern, und ein ungewohntes Fieber brachte alles, was ich fühlte, zum Verschwimmen. Erneut fing ich an zu rudern: das Boot kam immer langsamer voran, obwohl ich mit aller Kraft ruderte. Halb unwillkürlich blickte ich auf das eine Ruder, gerade als ich es aus dem Wasser zog, und es schien mir, es sei kürzer geworden. Vom andern, das sich bog wie ein junger Zweig, war kaum noch die Hälfte übrig. Irgend etwas aus der Tiefe fraß das Holz und trug mich mühelos fort. »Wenn Sie gern rudern . . .«, hörte ich die Stimme der Frau meines Freundes, doch konnte ich mich überhaupt nicht mehr erinnern, wie sie war, und hätte fast schwören mögen, wir hätten uns nie gekannt. Nicht ein Fingerbreit Erde noch ein Fleckchen Sonnenlicht war zu sehen. Alles war grün und schwarz, und der Fluß wurde schmaler, und bald würde das Boot nur noch knapp durchkommen und die Ufer seine Seiten dabei streifen. Die Ruder taugten bereits nicht mehr zum Rudern. Falls ich umkehren wollte, mußte ich aus dem Boot steigen und es dalassen, und meine Freunde würden mich fragen, was ich damit angestellt hätte, und ich müßte ihnen erklären, daß der Fluß schmaler wurde, daß die Bäume allmählich eine Wand bildeten . . . Eine weiße Feder fiel herab und blieb flach auf dem Wasser liegen, das sie nicht einmal gespiegelt hatte. Die Bäume waren keine Bäume und die Blätter keine Blätter mehr. Ich erinnerte mich nur noch an die Puppe mit dem gespaltenen Kopf, seitlich neben dem Boot. Das war lange her . . . Und mein Atem ging kurz und schwer. Mir schien, daß meine Augen aufschwollen und ich sie nicht schließen konnte. Ich befühlte sie, und sie waren rund. In der Landschaft, lauter Schatten, pulsierte Erwartung wie kurz vor einer Geburt. Ich versuchte noch einmal, rein instinktmäßig, zu rudern, und das ruderlose Boot bewegte sich ein Stückchen vorwärts. Aber ich erstickte, und es war mein Ersticken, das es vorantrieb. Ich öffnete den Mund so weit ich konnte, um noch ein klein wenig Luft zu bekommen, aber die Luft war ganz dick geworden, und mein Mund riß an den Seiten ein. Und als ich gar nicht mehr atmen konnte und fühlte, daß sich mein ganzer Körper zusammenschnürte, machte ich eine letzte Anstrengung, und ich durchstieß das Boot mit den Füßen, das sich ganz in Schlamm verwandelt zu haben schien. Ich fühlte einen schrecklichen Druck auf beiden Seiten des Halses, und mein Boot löste sich auf, und ich war allein mit diesem Tod, der in meinem Innern wuchs, schnell, wie ein giftiges Unkraut. In einer Art Schwindel kippte ich nach vorn und ich fiel, flach wie die weiße Feder, mit aneinanderklebenden Beinen, aufs Wasser. Links und rechts auf der Brust waren mir stachlige Wedel hervorgewachsen und in der Mitte eine schuppige Brustflosse. Ich versuchte, mit den Armen zu schwimmen, aber ich wußte nicht einmal mehr, wo sie waren. Und dann fühlte ich, daß sich auf der ganzen Länge des Rückens eine häutige Flosse erhob und daß ein sanfter Wasserstrudel mich aufsog. Arglos begann ich zu schwimmen. Alles war kühl und leicht. Himmlisch. Ich hatte mich in einen Fisch verwandelt. Und war es viele Jahre lang.

Er sagte mir, ich solle mich nicht wundern, daß er ein so weißes Gesicht habe: »Wenn mein Gesicht weiß ist, so deshalb, weil . . .« Und er hielt die Hand vor den Mund und riß die Augen weit auf, als ob er innerlich heftig erschauderte. Er war schon älter, sehr groß, dünn und mit Füßen wie Kähne. Hohlwangig, mit kleinen, tiefliegenden Augen, zarten Lippen, sehr seltsam, wie die Lippen eines jungen Frauenmundes. Die Haut des Gesichts von beeindruckender Weiße, regungslos: eine weiße Maske mit vereinzelten Vertiefungen. »Ja«, sagte er, »ich bin im Gesicht und am Körper weiß. Die ganze Haut. Durchlöchert und verbrannt. Früher jedoch, vor fünf Jahren ungefähr, da war ich noch nicht so. Alles fing an, als ich den Laden verkaufte und die Villa erstand. Ich setzte mich zur Ruhe, weil ich müde war, und ich bin bescheiden und hatte mit dem, was ich besaß, bereits genug zum Leben. Und als ich den Laden nicht mehr hatte, fing ich – ich, dem er doch langweilig geworden war! – auf einmal an, mich manchmal nach ihm zurückzusehnen und mich inmitten dieser Welt ein bißchen überflüssig zu fühlen. Als alleinstehender Mann wird man auf die Dauer etwas schrullig . . . harmlose Schrullen . . . Schrullen, die man nicht jedem erzählen kann, weil die Schrullen der andern fast immer zum Lachen sind, aber doch Schrullen, die einem beim Weitermachen helfen, beim Übergang vom Tag zur Nacht und von der Nacht zum Tag, vom einen Monat zum andern und vom einen Jahr zum nächsten Jahr . . . Schrullen, die einem Gesellschaft leisten.« Er sah mich eine Weile ganz ernst an, ohne ein Wort zu sagen, und als ich schließlich schon zu glauben begann, er habe mir alles gesagt, fügte er hinzu: »Es mochte kalt oder heiß, heiter oder bewölkt sein, ich ging draußen in meinem Garten spazieren, schön angezogen, spät in der Nacht. Ja. Ich hatte es mir zur Gewohnheit gemacht, jede Nacht schön angezogen im Garten spazierenzugehen. Tagsüber putzte und räumte ich im Haus auf, denn ich bin nicht nur alleinstehend, sondern an und für sich ein Einzelgänger. Zu mir nach Hause kam kein Mensch. Ich besorgte alles selber. Ich nähte mir die Knöpfe an, flickte auch mal, falls nötig, bürstete meine Kleider aus und bügelte meine Hosen; meine Schuhe putzte ich. Auf der ganzen Welt gab es keinen ordentlicheren Menschen als mich. Am meisten Mühe hatte ich beim Zusammenlegen der Bettücher, aber ich kam zu Rande damit. In gestreiften Hosen, Stiefeletten, mit steifem Hut und einem feinen Tuch in der Brusttasche durch meinen Garten zu spazieren, machte mich sehr glücklich. Wenn der Himmel klar war, nahm ich den Spazierstock; und den Schirm, wenn es regnete ... Ich ging aus wie zu einem Fest, lief ein bißchen herum, träumte mit offenen Augen; und ich dachte darüber nach, wie ich mir die Arbeit für den nächsten Tag einteilen würde. Mein Garten war schön. Alte Mauern, von denen der Putz bröckelte, Efeu und Rosen hin und wieder und zuoberst gespickt mit Glasscherben. Grüne und weiße Flaschenscherben. Mitunter eine braune, so braun wie gebrannter Karamel. Mitten im Garten war ein Springbrunnen, ein großer Kreis. Ich ließ ihn immer leer, weil der Hahn gleich kaputtgegangen war und stehendes Wasser die Mücken anzieht. Und in der hinteren Mauer, zwischen Laubranken, war das Türchen, das aufs Feld hinausging. Eines Nachts fand ich es offenstehen. War es ganz von selbst aufgegangen, oder hatte ich es offengelassen, als ich dort gewesen war, um den Abfall wegzuwerfen? . . . ich weiß es nicht. Es war jedenfalls offen, und noch merkwürdiger war, daß durch die Türöffnung ein hellglänzender Mondstrahl schien, der bis an den Springbrunnen ging. Im ganzen Garten kein Mond, nur dieser Strahl, der sich wie ein Dieb da einschlich. Seelenruhig begann ich auf ihm zu laufen, wie ein vornehmer Herr, steckte den Kopf durch das Türchen und sah, daß er geradewegs bis zum Mond führte. Ich konnte nichts erkennen, und wie ich so ging und ging . . . Es ist mir egal, ob Sie's glauben oder nicht . . . natürlich wäre es mir lieber, wenn Sie's glauben würden, weil die, welche glauben, gute Leute sind . . . doch wenn Sie es nicht glauben wollen . . . Sie mögen es glauben oder nicht, auf einmal war ich auf dem Mond. Ich kann Ihnen nicht erklären, wie mir geschah, denn in den Augenblicken großer Überraschung hört man immer auf zu denken. Ich weiß, daß ich auf dem Mond eine Runde machte, daß eine große Unruhe in mir aufkam und daß ich unversehens kehrtmachte und mich den Mondstrahl hinunterstürzte. Als ich unten war, ging ich durch das Türchen hinein und riegelte es zu. Ich begab mich direkt ins Haus. Ich schlief: zwölf Stunden hintereinander, in einem Zug, wie ein neugeborenes Kind. Und anderntags wieder dasselbe. Das Türchen offen, der Mondstrahl wie ein von Engeln erleuchteter Pfad, und ich hinauf, in aller Seelenruhe, den Regenschirm am Arm, denn beim Anziehen hatte ich aus dem Fenster geguckt und den Eindruck gehabt, es sei ein wenig bewölkt . . . Und was war nun auf dem Mond? Auf diese Frage hab ich schon eine ganze Weile gewartet. Also, in den ersten Tagen, da gab's nichts auf dem Mond. Viel Licht, das schon, denn das Mondlicht auf der Erde ist sehr viel anders als das Mondlicht auf dem Mond. Auf der Erde ist das

Mondlicht gestreut, auf dem Mond jedoch gebündelt. Mit ihren Riesenhänden drückt es die Nacht nämlich zusammen, und wir sehen nur, was ihr durch die Finger schlüpft ... Der Boden war aus Seide, so weiß wie weiße Blütenwänglein. In den ersten Tagen konnte ich vor Aufregung gar nichts erkennen, und ich brauchte ziemlich lange, bis ich bestimmte Dinge wahrnahm, weil vorerst, aus der Ferne, alles gleich aussah: die Mehlberge und die Schneeberge, solche gibt es nämlich auch, die Gardenienwiesen ohne jedes grüne Blatt und die großen Milchteiche mit den ruhig gleitenden Schwänen; die Trockenplätze für die gewaschenen Leintücher ... Was mir widerfuhr, läßt sich nur vergleichen ... Verzeihung, aber ich kann keinen Vergleich finden. Und dieses Geheimnis ... Dieses Geheimnis, das mich zum Lachen brachte, während ich das Eßzimmer fegte oder wenn ich den einzigen Teller abwusch, den ich schmutzig machte ... das mich zum Lachen reizte, wenn irgend so ein armer Kerl bei mir vorbeikam, wie Sie etwa; solche, die nicht wissen, wo sich die Mühlen befinden, die weder tags noch nachts zu sehen sind, die durchsichtigen, von Aniswasser betrunkenen Kühe, der Abhang, wo Jasmine, Magnolien und Narden tuschelnd beisammenstehn, der Friedhof der Weißtüncher ... Ich dachte: Wenn die mich sehen würden, wie ich, schön angezogen, nachts durch das Türchen hinausgehe, den Weg zum Mond hinauf, und nicht nur einmal oder zweimal, sondern jede Nacht, jede liebe lange erleuchtete Nacht, jede, jede, jede Nacht ... Und während ich den Haushalt erledigte und die Hemden auf dem Dach aufhängte, sagte ich leise vor mich hin, als wär's ein Lied: jede, jede, jede Nacht ... Eines Nachmittags, als ich die Blätter zusammenfegte, die mir der Herbst allmählich auf die Sandwege wehte, sah ich etwas glänzen, kaum größer als eine Linse. Weiß und halb aus Kristall. Ich steckte es in die Tasche und dachte, wenn auch nur für den Bruchteil einer Sekunde, es sei vielleicht eine Halsbandperle, die unter den Sand geraten war, bevor man diesen hergebracht hatte. Doch fand ich in jener Nacht auf dem Mond noch mehr davon. Es mußte am Wetter liegen, denn in den ersten Tagen hatte ich keine einzige gesehen . . . Und unter diesen Linsen gab es solche, die einen Keim trieben, einen ganz zarten Keim, wie ein Faden der dünnsten Sorte, ein sechziger oder siebziger, ein Faden, der zwar spröde aussah, der aber keineswegs riß. Und am nächsten Tag fand ich noch viel mehr davon, alle schön um den Springbrunnen herum, in einem großen Kreis. Sie fielen sicher vom Mond herunter, wenn ich dort war, und sie pflanzten sich von selbst ein und trieben und wuchsen wie besessen in die Höhe, mit einem solchen Ungestüm wilder Pflanzen, daß man es mit der Angst bekam. Ich zerkaute einen Keim und mußte ihn ausspucken, weil er so sauer war wie Klee. Und die oberen, die auf dem Mond sprossen, ließen ihren Faden nach unten wachsen, als ob sie sich mit denen vom Springbrunnen treffen wollten. In Kürze war ein Kamin entstanden, der nach unten, und einer, der nach oben führte, doch an dem Tag, da ich den Entschluß faßte, hinaufzuklettern, fehlte noch viel bis zu ihrer Verbindung. Und ich gewöhnte mir an, nicht mehr auf dem Strahl des Türchens auf den Mond zu gehen, sondern durch meinen Kamin hinauf; wenn ich an sein Ende kam, wechselte ich auf dem Lichtpfad in den anderen hinüber. Und diese Fäden waren bei Tag nicht zu sehen, weil sie mit dem Licht verschmolzen. Eines Abends beschloß ich, mich für meine Mondgänge nicht mehr umzuziehen . . . nein, was denn: ich hatte zu tun! . . . Und ich ging in Hemdsärmeln und Manchesterhosen nach draußen und nahm eine Gartenschere und einen Bund Schnüre mit, um die in falsche Richtung gewachsenen Fäden aufzubinden. Und ich verband die oberen mit den unteren, damit der Kamin schön ordentlich wurde, glatt und rund, und die Haare ordentlich lagen. Die Nächte verbrachte ich mit großem Eifer bei der Arbeit, auf und ab; mal flechte ich, weil da eine Lücke entstanden ist, mal binde ich zusammen zur Sicherung, mal schneide ich ab, was ich nicht brauche ... Den ganzen Tag lang schlief ich, und in den ersten Nachtstunden ging die große Schufterei an ... auf, los ... von einer Seite zur andern, hier mußt du ziehen, sonst wird es krumm, weiter oben mußt du glätten, da sind Falten, trau diesem Stück nicht, das ist zu dünn, schau, gib acht, fühle und horche, schlinge zusammen und auseinander, mach zwei, drei Knoten, da sieht's doch aus, als ob alles gleich einfällt ... das könnte reißen, mach den Einschlag dichter, sonst sieht man dich von außen ... auf, los ... lauf höher hinauf, da baucht es sich anscheinend aus, ein Schnitt mit der Schere, eine Schlinge, stopf das Loch da, wie du kannst, kleb den Riß mit bloßer Spucke, breit schön die Arme aus, da kommt ein enges Stück ... Und an dem Tag, da ich den Kamin tadellos vollendet hatte, wie ein Gewebe aus Seidenfäden, ruhte ich: ich legte mich in den Springbrunnen, verschränkte die Arme im Nacken und fing mit der Nacht zu lachen an, fast ohne es zu merken, dabei die ganze Last des Mondes auf mir. Und jede Nacht nahm ich ein Mondbad. Anfänglich noch angezogen, später jedoch ganz nackt. Ich arbeitete ein bißchen, brachte die Fäden in Ordnung, die wegen vorüberfliegender Vögel durcheinandergerieten, und wenn ich dann fertig war, ruhte ich aus und nahm mein Mondbad. Und so verging ungefähr ein Jahr, und während dieses Jahres mit kleinen und großen Arbeiten wurde ich kaum gewahr, daß das Gartentürchen nicht mehr aufging und der Mondstrahl nicht mehr hereinschien. Und mir war's gleich. Ich hatte einen anderen Weg, der mir lieber war, weil er mich so viel Mühe gekostet hatte ... Auf den Mond war ich, wenn ich ganz offen sprechen darf, schon lange nicht mehr gegangen, beschäftigt, mit Arbeit überhäuft und erschöpft, wie ich immer war. Und ich entsann mich kaum mehr, in welcher Gegend die Pappeln standen, mit den Blättern, die nur eine Seite haben, oder wo sich die Hermeline paarten, und auch nicht mehr der mit weißen Amseln gestärkten Rasenplätze. Doch dies alles ... ich dachte, daß ich nächstens wieder hingehen würde, in Ruhe, und auf der Mehlpromenade spazieren und mich mit den Seelen der Bäcker zum Plaudern treffen würde ... Und in der Nacht, als ich mich entschloß, und ich darf Ihnen wirklich versichern, daß ich lieber nicht darüber sprechen würde, denn es ist gar zu traurig ... in der Nacht, als ich mich entschloß, ließ ich die Schere und die Schnüre in der Werkzeugkiste und begann, von Kopf bis Fuß schön angezogen, den Kamin hochzuklettern. Und ich weiß jetzt noch nicht, warum, vielleicht geht es damit gleich wie mit den Illusionen: wenn man es am wenigsten erwartet, kommt einer und tritt sie dir mit Füßen ... ich fand den Kamin mitten entzwei gerissen, die Fäden hingen schlaff nach unten, und zwischen meinem Stück und dem oberen, das herabhing wie das Haar einer ertrunkenen Frau, von der ich als kleines Kind gesehen hatte, wie sie aus dem Fluß gezogen wurde, gab es nicht das kleinste bißchen Licht, das mir als Steg hätte dienen können. Ich stieg schnell nach unten und legte mich ins Bett und stand den ganzen nächsten Tag lang nicht auf. Ich begreife jetzt noch nicht, wieso ich nicht verrückt wurde. Meine Schläfen hämmerten, das Herz pochte gegen die Brust und den Rücken, wie ein Stein, den man schüttelt in einem Gefäß. Als es dunkel wurde, sah ich vom Küchenfenster aus alle Fäden rings um den Springbrunnen auf der Erde liegen. Ich weiß nicht, wie ich den Mut fand, hinauszugehen. Ich zog an den Fäden und wollte sie aufnehmen, konnte sie jedoch nicht eine Handbreit vom Boden hochbekommen. Um mich in Schwung zu bringen, begann ich das Lied von jede, jede, jede Nacht zu singen, doch brachte mich dieses Lied überhaupt nicht in Schwung, und der Haufen mit den Fäden um den Springbrunnen wuchs; ich brauchte sie auch gar nicht mehr aufzulesen, denn in der dritten Nacht lösten sie sich auf. Als ich alle Hoffnung aufgegeben hatte, zog ich mich eines Abends wieder schön an und ging gegen Morgen – es fiel mir nämlich so schwer, den Entschluß zu fassen – nach draußen, um meine Runde durch den Garten zu machen. Ich war nicht mehr ich, nur noch der Schatten meiner selbst. Ich wiederholte es den folgenden Tag und den folgenden und den folgenden . . . Das Türchen war immer geschlossen, und in klaren Nächten ergoß sich der Mond in den Garten und ließ die Glasscherben oben auf den Mauern und die glatten Glasscheiben der Galerie funkeln. Eines Abends, während ich spazierenging und an die Arbeit für den nächsten Tag dachte, ging das Türchen, ohne daß die Angeln quietschten, auf, als wäre die Türe tot. Ich atmete fast nicht: ein Stachel saß mir im Herzen. Und der Mondstrahl kam herein und glitt bis an meine Füße heran. Und ich trat voller Wut auf ihn, einmal, zweimal, dreimal. Doch er tat keinen Wank, und als ich zum drittenmal auf ihn trat, merkte ich, daß ich vorwärts ging, und mir schien, daß sich mein Schmerz in ein unerträgliches Wohlgefühl verwandelte und daß der Stachel in meinem Herzen schmolz wie ein von heißem Blut umflossener Stachel aus Eis ... Langsam und majestätisch schritt ich nach oben. Und plötzlich gelangte ich dorthin, wo – wenn ich es jetzt nüchtern bedenke –, glaub ich, früher oder später alle einmal ... Kurzum: der Strahl hörte vor einem schwarzen Abgrund plötzlich auf, und ich erblickte das mächtige Tier der Nacht, wie es sich am unteren Ende seiner mächtigen Windungen von Dunkelheit in den Schwanz beißt. Weit weg, hoch oben, war ein schwacher Schein, der wie das Mißbehagen des Schattens aussah ... Enttäuscht wandte ich mich um und machte mich mit großer Vorsicht an den Abstieg. Die Traurigkeit, die niemals trügt, hatte mich betrogen. Alles war aus. Das gütige Licht hatte mir einen letzten Weg der Hoffnung aufgetan, doch war es ein unpassierbarer Weg. Ich hätte mich gern umgedreht und geschaut, doch ich wagte es nicht. Mir fehlte der Mut. Ich dachte, gleich fällst du, gleich fällst du, gleich fällst du ... Als ich unten ankam, ging ich in den Garten hinein und verschloß die Tür und legte den Riegel vor. Und da bin ich nun. Bestehe aus lauter Mond und Leid, und wenn ich Ihnen mein einstiges Glück geschildert habe, so vielleicht deshalb, weil ich mir noch ein bißchen mehr weh tun mußte, doch vor allem, um mein Geheimnis vollends zu töten; ein erzähltes Geheimnis ist ein totes Geheimnis. Wir beide haben es nach und nach getötet, ich mit Reden und Sie mit Zuhören. Und da bin ich nun, mutlos, ziellos, willenlos, mit dieser hölzernen Fadenspule in den Fingern, von der ich nicht weiß, wo sie herrührt, obwohl ich schon stundenlang darüber nachgrüble ... das Gesicht weiß, die ganze Haut weiß, ein wenig verbrannt und ein wenig durchlöchert, denn davon lebt der Mond ... Und mit jedem Tag bin ich mehr und mehr davon überzeugt, daß ich nie auf dem Mond gewesen bin, daß es diesen Menschen vom Springbrunnen, der mir so ähnlich war, der mir so sehr ähnlich gewesen wäre, wenn man ihn seiner Freude hätte berauben können, und das Lachen mit der Nacht unter dem Kamin aus Seide und Blüten und die kleinen Perlen, die sich in der Mitte spalteten, nie gegeben hat ... In meinem Innern ist es leer. Nur noch die öden Dinge, die in jedem drin sind. Ja. Nur noch die öden Dinge, die in einem drin bleiben, lang und flach, wie die Toten in der Erde ... Friedhöfe und Friedhöfe ... In der Erde drin. Jawohl. In der Erde drin.«

Ich ging unter der Weide durch, gelangte zur Stelle, wo sich die Kresse breitmachte, und kniete beim Teich nieder. Wie gewöhnlich waren die Frösche um mich her. Sie kamen hervor, wenn ich ankam, hüpften herbei, und sobald ich mich zu kämmen begann, berührten die ungezogensten meinen roten, mit fünf schmalen Litzen besetzten Rock oder zupften am Bogensaum meines mit Volants und Einschlägen geschmückten Unterrocks. Und das Wasser wurde finster, und die Bäume, die den Hügel hinaufkletterten, wurden langsam schwarz. Doch an diesem Tag sprangen die Frösche mit einem Satz ins Wasser, und der Spiegel des Teiches zerbarst in kleine Stücke, und als das Wasser wieder glatt war, erblickte ich sein Gesicht neben dem meinen, als ob mich von der anderen Seite her zwei Schatten anschauen würden. Und damit es nicht so aussähe, als ob ich erschrocken wäre, stand ich wortlos auf, begann ganz ruhig über das Gras zu gehen, und sowie ich hörte, daß er mir folgte, schaute ich mich um und blieb stehen. Alles war still, und der eine Saum des Himmels war schon mit Sternen besetzt. Er war in einiger Entfernung stehengeblieben, und ich wußte nicht, was tun, doch auf einmal bekam ich Angst und lief weg, und als ich merkte, daß er mich einholte, blieb ich unter der Weide stehen, mit dem Rücken zum Stamm, und er stellte sich vor mich hin, die Arme weit ausgebreitet, damit ich nicht fliehen konnte. Und dann schaute er mir in die Augen und drückte mich gegen die Weide, und ich, mit aufgelösten Haaren, zwischen der Weide und ihm, biß auf die Lippen, damit ich nicht vor Schmerzen schreien mußte, war mir doch, als ob alle meine Knochen in der Brust gleich

zerbrechen wollten. Er setzte seinen Mund auf meinen Hals, und dort, wo er ihn hinsetzte, fühlte ich ein Brennen.
Als er am nächsten Tag kam, waren die Bäume vom Hügel schon schwarz, aber das Gras noch warm von der Sonne. Wieder umarmte er mich gegen den Stamm der Weide, und er legte seine flache Hand auf meine Augen. Und auf einmal war mir, als schliefe ich ein und als sagten die Blätter Dinge zu mir, die einen Sinn hatten, welchen ich aber nicht verstand, und als sagten sie sie immer leiser und langsamer zu mir. Und als ich sie nicht mehr hörte, fragte ich ihn mit vor Angst starrer Zunge: Und deine Frau? Und er sagte zu mir: Du bist meine Frau; nur du. Mit dem Rücken zerdrückte ich das Gras, auf das ich, wenn ich mich kämmen ging, kaum zu treten wagte – nur eben ein bißchen, um den Geruch verletzter Halme zu riechen. Nur du. Als ich nachher die Augen öffnete, sah ich den blonden Zopf herabhängen, und sie stand ganz vornübergebeugt und schaute uns mit leeren Augen an. Und als sie merkte, daß ich sie gesehen hatte, packte sie mich bei den Haaren und sagte zu mir: Hexe. Leise. Sie ließ mich aber gleich los und packte ihn beim Hemdkragen. Los, los, los, sagte sie dauernd zu ihm. Und schiebend und stoßend führte sie ihn weg.
Wir kehrten nicht wieder zum Teich zurück. Wir trafen uns in den Ställen, den Heuschobern, im Wurzelwald. Doch von dem Tag an, an dem seine Frau ihn weggeführt hatte, schauten mich die Leute im Dorf an, als ob sie mich nicht anschauen würden; manche gar bekreuzigten sich leicht verstohlen, wenn ich vorbeiging. Einige Zeit später verschwanden sie in ihre Häuser, wenn sie mich kommen sahen, und schlossen die Türen. Ich begann ein Wort zu hören, das mich überall verfolgte, als ob die Luft es zischte oder es vom Licht und vom Dunkel käme. Hexe, Hexe,

Hexe. Die Türen schlossen sich; ich ging durch die Straßen eines leblosen Dorfes, und wenn ich zwischen Vorhangspalten ein Paar Augen sah, waren es immer eiskalte Augen. Eines Morgens konnte ich die Haustür nur mit Mühe öffnen – eine alte, von der Sonne rissig gewordene Holztür –; mitten darauf hatten sie mir einen Ochsenkopf gehängt, in dessen Augen zwei frische Zweige staken. Ich hängte ihn ab, schwer wie er war, und legte ihn auf den Boden, weil ich nicht wußte, was ich damit anfangen sollte, und die Zweiglein vertrockneten allmählich, und während sie vertrockneten, verfaulte der Kopf, und das ganze Stück Hals, auf der abgeschnittenen Seite, war ein einziges Gewimmel von milchweißen Würmern.
An einem andern Tag fand ich eine Taube ohne Kopf und die Brust rot von Blut und wieder an einem anderen die tote Frühgeburt eines Schafes und zwei Rattenohren. Und als sie aufhörten, mir tote Tiere an die Tür zu hängen, fingen sie an, Steine zu werfen. Sie krachten nachts gegen die Fenster, gegen die Dachziegel, faustgroß . . . Danach machten sie die Prozession. Das war Anfang Winter. Es war ein windiger Tag, mit jagenden Wolken, und die Prozession bewegte sich sehr langsam vorwärts, ganz weiß und violett von Papierblumen. Ich lag auf dem Boden und beobachtete sie durch das Katzenloch, und als sie fast bei mir vor der Tür war, mitsamt dem Wind, der Heiligenfigur und den Kirchenfahnen, wollte die Katze, erschreckt von den Fackeln und den Gesängen, herein, und sowie sie mich sah, schrie sie, den Rücken erhoben wie einen Brückenbogen, laut Miau. Und die Prozession blieb stehen, und der Priester segnete und segnete, und die Chorknäblein sangen, und der Wind drückte die Flammen nieder, und der Mesner ging hin und her, und alles war ein einziges Geflatter weißer

und veilchenfarbener Blätter von den Papierblumen. Schließlich zog die Prozession weg, und als das Weihwasser an der Mauer noch kaum getrocknet war, ging ich ihn suchen und konnte ihn nirgends finden. Ich suchte ihn in den Ställen, den Heuschobern, im Wurzelwald – ich kannte ihn auswendig –; ich setzte mich immer auf die älteste Wurzel, die weiß und blank war wie ein Knochen. Und als ich mich in jener Nacht setzte, war mir auf einmal klar, daß ich nun nichts mehr erwartete; ich lebte ganz zum Vergangenen hin, mit ihm in meinem Innern wie eine Wurzel in der Erde. Tags darauf schrieben sie mit einem Stück Kohle ›Hexe‹ an meine Tür, und in der Nacht sagten unter meinem Fenster zwei Männer ganz laut, damit ich es hören konnte, man hätte mich als Kind verbrennen sollen, zusammen mit meiner Mutter, die, wenn alles schlief, mit Bussardflügeln in die Höhe geflogen sei. Daß man mich hätte verbrennen sollen, als man mich noch nicht brauchte, um Knoblauch auszureißen und Weizen und Luzerne zu binden und Trauben zu pflücken von den schlechten Reben.
Eines Abends glaubte ich ihn am Eingang zum Wurzelwald zu sehen, doch als ich näher kam, lief er davon, und ich konnte nicht herausbekommen, ob er es gewesen war oder mein Verlangen nach ihm oder sein Schatten, der mich, zwischen den Bäumen irrend, suchte, auf und ab, wie ich. ›Hexe‹, sagten sie; und sie überließen mich meinem Schmerz, der nicht so war wie der, den sie mir gern zugefügt hätten. Und ich dachte an den Teich und an die Kresse und an die schlanken Zweige der Weide . . . Der Winter war düster und einförmig und blätterlos; nur mit Eis und Reif und frostigem Mond. Ich konnte keinen Schritt tun; wer nämlich im Winter unterwegs ist, ist dies vor aller Augen, und ich wollte nicht, daß sie mich sahen. Und als der

Frühling kam mit seinen kleinen, munteren Blättern, bereiteten sie mitten auf dem Dorfplatz mit trockenem, schön gehacktem Holz das Feuer vor.
Vier Männer aus dem Dorf kamen und holten mich, die ältesten. Ich wollte ihnen nicht folgen, ich sagte es ihnen von drinnen her, und dann kamen junge Männer, die große rote Hände hatten, und schlugen mit der Axt die Türe ein. Und ich schrie, weil sie mich aus meinem Haus herausholten, und einen biß ich, und er schlug mir mit der Faust mitten auf den Kopf, und sie packten mich an den Armen und an den Beinen und warfen mich wie einen Ast mehr auf den Stoß, und sie fesselten meine Füße und meine Arme, und da ließen sie mich mit hochgerutschtem Rock liegen. Ich wandte den Kopf. Der Platz war voll von Leuten, die Jungen vor den Alten und die Kinder auf der einen Seite mit einem Ölzweig in der Hand und in ihren neuen Sonntagsschürzchen. Und während ich die Kinder anschaute, gewahrte ich ihn: er stand neben seiner Frau, die dunkel gekleidet war und ihren blonden Zopf trug, und hatte seinen Arm um ihre Schultern gelegt. Ich wandte den Kopf und schloß die Augen. Als ich sie wieder aufmachte, kamen zwei alte Männer mit brennenden Kienfackeln heran, und die Kinder begannen das Lied von der verbrannten Hexe zu singen. Es war ein sehr langes Lied, und als sie damit fertig waren, sagten die Alten, sie könnten das Feuer nicht anzünden, ich ließe es sie nicht anzünden, und da trat der Priester mit einem Becken voll Weihwasser zu den Kindern und hieß sie die Ölzweige eintauchen und sie auf mich werfen, und bald war ich mit Ölzweigen bedeckt, die alle frisches Laub hatten. Und eine kleine, bucklige, zahnlose Alte begann zu lachen und ging fort und kam nach einer Weile mit zwei Körben wieder, die mit ganz trockenen Baumheide-

reisern gefüllt waren, und sagte zu den Alten, sie sollten sie auf allen vier Seiten des Scheiterhaufens verteilen, und sie selbst half ihnen dabei, und da ging das Feuer an. Vier Rauchsäulen stiegen auf, und als die Flammen hochkamen, schien mir, es gehe ein großes Aufatmen durch die Brust all dieser Menschen. Die Flammen stiegen, den Rauch hochjagend, auf, und ich sah alles hinter einem roten Wasserfall – und hinter diesem Wasser war jeder Mann, war jede Frau und jedes Kind wie ein glücklicher Schatten, denn ich brannte.

Der Saum meines Rockes war schwarz geworden, ich spürte das Feuer im Kreuz, und ab und zu leckte eine Flamme an meinem Knie. Mir war, die Schnüre, die mich fesselten, seien schon verbrannt. Und dann geschah etwas, das mich die Zähne zusammenbeißen ließ: meine Arme und Beine wurden immer kürzer, wie die Fühlhörner einer Schnecke, die ich einmal mit dem Finger berührt hatte, und unter dem Kopf, dort, wo Hals und Schultern zusammenkommen, spürte ich, daß sich etwas dehnte und mich stach. Und das Feuer pfiff und das Harz kochte . . . Ich sah, daß einige von denen, die mich beobachteten, die Arme hoben und daß andere herumrannten und gegen jene stießen, die noch dastanden, und die ganze eine Seite des Scheiterhaufens fiel unter einem mächtigen Funkenregen zusammen, und als das Feuer das daliegende Holz von neuem erfaßt hatte, war mir, als sage einer: Es ist eine Salamanderin. Und ich begann über die Gluten zu laufen, ganz langsam, denn mein Schwanz war schwer.

Mein Gesicht befand sich dicht über dem Boden, und ich lief mit den Händen und den Füßen. Ich ging Richtung Weide, die Mauer entlang, doch als ich die Ecke erreichte, beugte ich mich ein wenig vor und erblickte in einiger

Entfernung mein Haus, das einer brennenden Fackel glich. Es war niemand auf der Straße. Ich näherte mich der Steinbank, durchquerte das Haus rasch zwischen Flammen und Gluten, zur Weide hin, zur Kresse hin, und als ich wieder draußen war, drehte ich mich um, weil ich sehen wollte, wie das Dach brannte. Während ich so hinschaute, fiel der erste Tropfen, einer von jenen großen, warmen Tropfen, welche Kröten hervorlocken, und gleich fielen noch mehr, zuerst langsam und dann schnell, und bald stürzte das ganze Wasser von oben nach unten, und das Feuer erlosch unter großen Rauchschwaden. Ich verhielt mich ruhig, und als ich nichts mehr sah, weil es Nacht geworden und die Nacht schwarz und finster war, machte ich mich auf durch Schmutz und Pfützen, und die Pfötchen mochten es, wenn sie in diese weiche Masse einsanken, aber die Füße hinten wurden vom vielen Hängenbleiben müde. Ich hätte rennen wollen, aber ich konnte nicht. Ein Donnerschlag ließ mich wie gelähmt mitten auf dem Weg stehenbleiben; danach blitzte es, und zwischen den Steinen hindurch erblickte ich die Weide. Rasch holte ich Atem und näherte mich dem Teich; und als ich nach dem Schmutz, der aus dem Staub der Erde gemacht ist, nun den Schlamm fand, den Staub, der im Wasser liegt, verkroch ich mich, halb verdeckt, zwischen zwei Wurzeln. Und da kamen die drei kleinen Aale.

In der Frühe, ich weiß nicht, war es am nächsten Tag oder an einem anderen, kroch ich langsam hervor und erblickte die hohen Berge unter einem Himmel mit Wolkentupfen. Ich rannte durch die Kresse und blieb beim Stamm der Weide stehen. Die ersten Blätter waren noch in den Knospen, aber die Knospen grünten schon. Ich wußte nicht, wohin ich mich wenden sollte; wenn ich nicht aufpaßte, stachen mich die Grashalme in die Augen – und zwischen den Halmen schlief ich ein und schlief, bis die Sonne hoch am Himmel stand. Als ich aufwachte, fing ich eine winzig kleine Mücke, und dann suchte ich Würmer im Gras. Schließlich kehrte ich in den Schlamm zurück und tat so, als ob ich schliefe, weil nämlich gleich ganz verspielt die drei Aale kamen.

In der Nacht, da ich beschloß, ins Dorf zu gehn, schien hell der Mond. Die Luft war von Duft erfüllt, und an allen Zweigen zitterten schon die Blätter. Ich ging auf dem Steinweg ins Dorf, ganz vorsichtig, denn schon die kleinsten Dinge machten mir angst. Als ich vor mein Haus kam, ruhte ich aus: es waren nur Schutt und Brennesseln zu sehen, auf denen Spinnen woben und woben. Ich ging hinten herum und blieb vor seinem Garten stehen. Neben den Pelargonien wuchsen die Sonnenblumen so in die Höhe, daß sie gerade ihre runden Blüten herabneigen wollten. Ich ging durch die Dornenhecke, ohne überhaupt zu überlegen, warum ich das tat, als ob immerzu einer zu mir sagte: Tu dies, tu das; und unter der Türe durch schlüpfte ich hinein. Die Asche im Herd war noch warm; ich legte mich eine Weile dorthin, und nachdem ich überall ein bißchen herumgelaufen war, kroch ich unter das Bett. Und war so müde, daß ich einschlief und nicht sah, wie es Tag wurde.

Als ich aufwachte, lagen Schatten auf dem Boden, denn es war schon wieder Nacht geworden, und seine Frau ging mit einer brennenden Kerze hin und her. Ich sah ihre Füße und ein Stück ihrer Beine, die unten dünn, weiter oben dicker waren, in weißen Strümpfen. Dann sah ich seine Füße, groß, und die blauen Socken waren bis auf die Knöchel gerutscht. Und ich sah, wie die Wäsche der beiden herunterkam, und hörte, wie sie sich aufs Bett setzten, und ihre Füße hingen herab, seine Füße neben ihren, und sein einer Fuß verschwand nach oben, und eine Socke fiel zu Boden, und sie zog ihre Strümpfe aus, indem sie mit beiden Händen daran zog, und dann hörte ich das Rascheln der Leintücher, als sie sich zudeckten. Sie unterhielten sich leise, und eine ganze Weile später, als ich mich schon an die Dunkelheit gewöhnt hatte, schien der Mond zum Fenster herein, ein Fenster, dessen vier Scheiben durch zwei sich kreuzende Leisten getrennt waren, und ich ging bis ins Helle und stellte mich genau unter das Kreuz und fing an, für mich zu beten; in meinem Innern gab es nämlich, obschon ich ja nicht tot war, nichts, was richtig lebendig gewesen wäre, und ich betete laut, weil ich nicht wußte, ob ich noch ein Mensch war oder nur mehr ein Tierchen, oder ob ich halb Mensch, halb Tierchen war, und ich betete auch, um zu wissen, wo ich war, denn es gab Augenblicke, in denen mir schien, daß ich mich unter Wasser befand, und wenn ich unter Wasser war, schien es mir, ich sei auf der Erde, und ich wußte eigentlich nie, wo ich wirklich war. Als der Mond verschwunden war, wachten sie auf, und ich kehrte in mein Versteck unter dem Bett zurück und begann mir mit Wollflöckchen ein Nestchen zu bauen. Und ich verbrachte viele Nächte zwischen den Flocken und dem Kreuz. Manchmal ging ich hinaus und ging zur Weide hin. Wenn ich unter dem Bett war, lauschte ich. Alles war gleich. Nur du, sagte er. Und eines Nachts, als das Leintuch auf den Boden hing, klammerte ich mich in die Falten und kletterte so am Leintuch hoch und schlüpfte ins Bett, neben sein eines Bein. Und ich hielt mich mäuschenstill. Er drehte sich ein wenig auf die Seite, und das Bein lastete auf mir. Ich konnte mich nicht rühren. Ich holte tief Atem, weil ich zu ersticken

meinte, und rieb meine Wange an seinem Bein, ganz vorsichtig, damit er nicht aufwachte.
Eines Morgens jedoch machte sie sauber. Ich sah die weißen Strümpfe und den struppigen Besen, und als ich es am wenigsten erwartet hätte, hing ein Stück blonder Zopf bis auf den Boden herunter, und der Besen kam unter das Bett. Ich mußte fliehen, denn es sah so aus, als suche mich der Besen, und auf einmal hörte ich einen gellenden Schrei und sah ihre Füße, wie sie zur Tür rannten. Sie kehrte mit einem brennenden Kienspan zurück, zwängte ihren Körper halb unters Bett und wollte mir die Augen ausbrennen. Und schwerfällig wie ich war, wußte ich nicht, wie ich entkommen sollte, und irrte wie blind umher und stieß überall an: gegen die Bettpfosten, gegen die Wände, gegen die Stuhlbeine . . . Bis ich dann, ich weiß nicht wie, plötzlich draußen war und zur Wasserlache unter der Pferdetränke ging, und das Wasser bedeckte mich, aber zwei Jungen sahen mich und holten Schilfrohre und begannen nach mir zu stochern. Ich drehte ihnen das Gesicht zu, wobei ich den Kopf ganz aus dem Wasser hob, und sah sie unverwandt an, und da warfen sie die Schilfrohre fort und liefen davon, kamen jedoch gleich darauf mit sechs oder sieben größeren Jungen wieder und warfen Steine und ganze Händevoll Staub nach mir. Ein Stein traf mein eines Pfötchen und brach es mir, und zwischen schlecht gezielten Steinen und mit entsetzlicher Angst konnte ich entkommen und verkroch mich im Stall. Und sie kam, um mich mit ihrem Besen dort aufzustöbern; die Kinder warteten dabei am Eingang und schrien in einem fort, und sie stocherte nach mir und wollte mich aus meinem Strohwinkel hervorholen, und ich irrte wieder wie blind umher und stieß gegen die Eimer, gegen die Körbe, gegen die Säcke mit Johannisbrot, gegen

die Beine der Pferde, und ein Pferd bäumte sich auf, weil ich gegen eines seiner Beine stieß und mich daran festhielt. Ein Schlag mit dem Besen traf mein gebrochenes Pfötchen und riß es mir fast ab, und aus meinem einen Mundwinkel lief ein schwarzer Faden Speichel. Doch konnte ich noch durch einen Spalt entkommen, und während ich davonlief, hörte ich den Besen stochern und stochern.

In finsterer Nacht ging ich zum Wurzelwald. Beim Schein des zunehmenden Monds kam ich unter einigem Gestrüpp hervor. Ich hatte mich verlaufen. Das gebrochene Pfötchen tat mir nicht weh, aber es hing an einem Nerv, und ich mußte den Arm heben, damit es nicht zu sehr nachschleifte. Ich lief ein wenig schief, bald über eine Wurzel, bald über einen Stein, bis ich zu der Wurzel kam, wo ich mich manchmal hingesetzt hatte, bevor sie mich zum Scheiterhaufen auf dem Dorfplatz geführt hatten, und ich konnte nicht auf die andere Seite gelangen, weil ich immer ausrutschte. Und los, los, los, zur Weide hin und zur Kresse und zu meinem Schlammhaus im Wasser. Der Wind bewegte die Gräser und wirbelte Stückchen dürren Laubes auf und trug kurze, glänzende Fäden von den Blumen am Wegrand mit sich fort. Ich rieb die eine Seite meines Kopfes an einem Baumstamm und ging langsam bis zum Teich und stieg, den müden, müden Arm mit dem gebrochenen Pfötchen hochhaltend, hinein.

Durchs Wasser, auf das der Mond Streifen warf, sah ich die drei Aale herankommen. Ich sah sie ein wenig verschwommen; sie ringelten sich ineinander, verbanden sich in der Mitte und wanden sich wieder auseinander und bildeten Knoten, die sich lösten, bis sich mir dann der kleinste näherte und mich in das gebrochene Pfötchen biß. Aus dem Handgelenk kam ein wenig Saft, der da im Wasser drin wie ein wenig Rauch aussah, und der Aal ließ das Pfötchen nicht los und zog langsam, und während er zog, sah er mich immer an. Und als er meinte, ich gäbe nicht acht, ruckte er hartnäckig ein- oder zweimal daran. Und die anderen spielten Ringeln, als ob sie ein Seil machen wollten, und der, welcher in mein Pfötchen biß, zerrte ganz wild, und der Nerv war wohl schon durchgescheuert, denn er nahm es mit fort, und als er es hatte, sah er mich an, als ob er sagen wollte: Ich hab's schon. Ich schloß eine Weile die Augen, und als ich sie aufmachte, war der Aal noch da, zwischen dem Schatten und den zitternden Lichtsplittern, das Pfötchen im Maul: ein Bündelchen ineinandergefügter Knochen, mit ein wenig schwarzer Haut darüber. Und ich weiß nicht, warum ich auf einmal den Steinweg sah, die Spinnen bei mir zu Hause, die seitwärts vom Bett herunterhängenden Beine; weiß und blau, als ob die beiden auf dem Wasser säßen, aber leer; wie zum Trocknen aufgehängte Wäsche, die sich im Auf und Ab des Wassers bewegt. Und ich sah mich unter dem Kreuz aus Schatten, auf einem bunten Feuer, das pfeifend hochschlug und mich nicht verbrannte . . . Und während ich all diese Dinge sah, spielten die Aale mit diesem Stück von mir und ließen es los und fingen es wieder, und das Pfötchen ging von einem Aal zum andern, wobei es herumwirbelte wie ein kleines Blatt und alle Finger spreizte. Und ich war auf beiden Seiten: im Schlamm, bei den Aalen, und ein bißchen in jener Irgendwo-Welt . . . Bis dann die Aale genug hatten und das Pfötchen vom Schatten verschluckt wurde . . . lebloser Schatten, den der Staub des Wassers langsam ausbreitete, Tage und Tage und Tage, in jenem Schlammwinkel, zwischen Gras- und Weidenwurzeln, die durstig waren und dort seit Anbeginn tranken.

Balbina starb in einer lauen Nacht, als die letzten Sterne erloschen und vom Meer der Nebel aufstieg. Ich hatte die Balkontür im Eßzimmer aufmachen müssen, die auf den Hof hinausging, so daß es zusammen mit den Fenstern von der Straßenseite Durchzug gab, denn kaum hatte der Tod mir Balbina weggenommen, erfüllte er auch schon das ganze Haus mit seinem Geruch nach fauligen Blumen. Während Balbina starb, saß ich auf einem niedrigen Stuhl im Kerzenlicht und schaute sie unentwegt an. Und so hatte ich sie von jenem Tag an, da sie krank geworden war, angeschaut, jede Nacht, bis mich der Schlaf übermannte. Ich legte mich neben ihr Fieber hin und sah ihre mandelförmigen Augen, die mich ansahen, ohne mich anzusehn, und wie die Augen einer Katze im Dunkeln leuchteten. Ich fühlte mich von der Wärme dieser endlosen Krankheit begleitet; ihretwegen hatte ich das Haus so lange verschlossen halten müssen, daß es feucht geworden war und sich die Tapeten von den Wänden gelöst hatten. Balbina hatte, als sie starb, keine Wangen mehr, auch kein Fleisch mehr auf der Oberseite der Hände und keine Grübchen in den Knien, die es mir so sehr angetan hatten. Und ich trank, als ihr die Augen bereits aus dem Kopf traten, weil sie am Ersticken war, tief über sie herabgebeugt, ihren letzten Atemzug, um ihr noch das letzte bißchen Leben zu stehlen, das ich für mich haben wollte. Und mit diesem beendeten Leben in meinem Mund, ging ich hin und öffnete die Balkontür, als ich gewahrte, daß der Tod nicht weichen wollte. Der Hof lag da wie verzaubert von Sonne und Nebel, und zwischen dieser Verzauberung und mir tanzte das Blütenblatt einer weißen Geranie vorüber. Am Geländer zur Straße hin hatten wir unsere roten Geranien, die gehörten mir, und an dem auf den Hof hinaus die weißen, und die gehörten Balbina. Während ich dieses Geranienblatt anschaute, erinnerte ich mich, daß ich monatelang auf Balbinas Tod gewartet hatte, immer auf der Lauer, daß ihr die Augen vor Müdigkeit zufielen, um sie dann aufzuwecken; damit es schneller mit ihr zu Ende ging, ließ ich sie nämlich nicht schlafen. Sobald ich hörte, daß sie ein wenig ruhiger atmete, stand ich ganz langsam auf, ging zum Schrank, stieg auf den mittleren Stuhl und nahm die Trompete, die ich zuoberst versteckt hatte.

Vor einiger Zeit war eines Morgens, während ich den Marmor behaute, um die Ringellocken des Engels herauszumeißeln, eine große, sehr schlanke Dame mit langer Nase und dürren Lippen hereingekommen; auf ihrem Haar trug sie einen schlecht sitzenden Hut mit einem Vogel. An der Hand hielt sie ein Kind in einem Matrosenanzug, das eine golden glänzende, mit roten Troddeln und Schnüren verzierte Trompete an die Brust drückte. Diese Dame kam, um einen Stein aus grauem Marmor für das Grab ihres Mannes zu bestellen; über dem Namen und der Inschrift wollte sie drei Chrysanthemen aus weißem Marmor haben, aufrecht eine neben der andern stehend: die erste etwas länger und die dritte etwas kürzer als die in der Mitte. Schnell sollte es gehen. Als sie gegangen war, sagte mir der Meister, welcher zu ihr gesagt hatte, daß er den Engel zurückstellen und sofort ihren Stein machen würde, aber die Chrysanthemen nicht hervorstehend, als ob man sie auf dem Marmor hätte liegenlassen, sondern eingraviert und zu einem Strauß gebunden, daß der Engel dringend sei, an erster Stelle der Engel. Und ich klopfte weiter an seinen Ringellocken.

Jeden Abend, wenn ich nach Hause kam, erzählte ich Balbina, daß ich ganz allein einen Engel machte, denn mein Meister hatte ihr einmal gesagt, ich sei ein schlechter Steinmetz und er könne mich nicht mit einer ganzen Figur betrauen. Und an jenem Tag mit der Dame und den Chrysanthemen bemerkte ich, als Feierabend war, daß der Junge seine Trompete bei der halbfertigen Gestalt eines knienden Kindes hatte liegenlassen. Und ich nahm sie mit, weil sie so hübsch war, ganz golden und rot. Damit Balbina nicht fragte, woher ich sie hätte, versteckte ich sie oben auf dem Schrank und dachte nicht mehr daran. Bis ich eines Nachts, während Balbina schlief, um sie für ihre Sünden zu bestrafen, den Stuhl an den Schrank rückte, auf ihn stieg, im Dunkeln die Trompete nahm und ein bißchen, ganz schwach bloß, hineinblies. Ich blies ein wenig stärker, und da erklang dieser Ton, teils Wimmern, teils Klagelaut, teils Musik aus der andern Welt. Ich hörte, daß Balbina sich bewegte, legte die Trompete wieder auf den Schrank und kroch ganz vorsichtig ins Bett. Und von jenem Tag an ließ ich, wenn Balbina fest eingeschlafen war, immer die Trompete wimmern. Nachdem ich es zum erstenmal getan hatte, wartete ich am Morgen darauf, daß Balbina aufwachte, und wollte schier vor Lachlust platzen, wenn ich daran dachte, daß sie mir von dem seltsamen Geräusch erzählen würde, das sie in der Nacht halb aufgeweckt hatte. Aber sie sagte mir nie, daß sie die Trompete gehört habe, und wenn sie zwischen Eßzimmer und Küche hin und her ging, schaute ich auf ihren Rücken, ob ich vielleicht mit einem dolchscharfen Blick, an ihrem Rückgrat hinauf, ihre geheimsten Gedanken erraten könnte, dort, wo das Gehirn noch ein kleines anderes Gehirn hat, das alle Geheimnisse aufnimmt und hütet.

Und dann begann die Krankheit. Immer im Bett, immer im Bett drin liegend, mit dieser dünnen Stimme, die stöhnte, ich bin müde, ich bin müde. Und eines Nachts, als ich sie anschaute und ganz ruhig atmen hörte, wie wohl die Bäume atmen mögen, machte sie plötzlich den Mund auf, streckte ein klein wenig die Zunge heraus und machte mit der Zunge und den Lippen den Ton der Trompete nach. Aus ihrem Mund war herausgekommen, was ich ihr beharrlich durch die Ohren eingegeben hatte. Und als sie schon ein Weilchen tot war, schienen ihre hohlen Wangen wieder voll zu werden, und ihre Lippen nahmen wieder jugendliche Form an, und der Körper schien zu ruhen . . . Und dieses Wunderwerk geschah, bevor ich noch die Balkontür im Eßzimmer geöffnet hatte, die auf den Hof hinausging. Und während sich dieser Wandel vollzog, bemerkte ich die Katze, die am Fußende des Bettes lag, und die Katze hatte gesehen, wie ich Balbinas letzten Atemzug trank, und ich packte sie im Genick und warf sie weit weg, und einen Augenblick später lag sie schon wieder ausgestreckt am Fußende des Bettes, als hätte sie sich nie von der Stelle gerührt. Unverzüglich, sie war noch warm, kleidete ich Balbina an. Ich zog ihr erst alle Sachen aus, das Kleid, das sie seit Beginn ihrer Krankheit getragen hatte und das sie häßlich machte, das ich sie jedoch nicht einmal zum Schlafen wechseln ließ, und plötzlich hielt ich angesichts ihrer weißen Lilienbeine wie verzaubert inne. Ich streichelte ihr mit der einen Hand übers Knie, ließ sie auf dem Knochen kreisen, und die Katze dachte wohl, ich spiele, denn sie streckte eine Pfote aus und berührte meine Finger. Als ich sie dann angekleidet und gekämmt hatte, drückte ich ihr die Augen zu, kreuzte ihr die Hände auf der Brust, die eine mußte ich aufmachen, weil sie geschlossen war, und zwar fest, und zuletzt drückte ich ihr mit großem Schmerz, in den sich seltsamerweise eine Irrsinnsfreude mischte, langsam den Mund zu. Ich ging nach draußen, und mir schien, die Katze sei bei ihr geblieben, aber sie mußte mir gefolgt sein, denn während das Geranienblatt herunterfiel, richtete sie sich auf, um es zu fangen, bevor es auf den Boden gelänge, doch ich war größer und fing es in der Luft, und das Blatt sah aus wie ein Zahn und roch wie ein Milchzahn: der gleiche Geruch wie Balbinas Mund, als wir zum erstenmal miteinander schliefen. Und als ich merkte, was ich tat, hielt ich die Zange schon in der Hand, stand schon neben Balbina und war dabei, ihr einen Zahn aus der Mitte der oberen Reihe auszureißen, einen so tief verwurzelten, festsitzenden Zahn, daß ich, als er nachgab, glaubte, der ganze Kiefer käme mit. Ich nahm ihn; er war sauber, und ich leckte ihn ab, damit das Rote an der Wurzel wegging, und steckte ihn in die Tasche. Die Katze schaute alldem zu, und von jenem Tag an rief ich sie nie mehr bei ihrem Namen – Mieze hieß sie –, sondern nannte sie fortan Cosme, denn Mieze war der Name, auf den Balbina sie getauft hatte, als Cosme sie ihr geschenkt hatte. Und als ich beschlossen hatte, sie Cosme zu nennen, hob ich den Rock der toten Balbina, ehrfurchtsvoll, das schon, und zwar sehr, und streichelte ihr mit dem Finger immer wieder über den Bauch, als ob ich sonst nichts zu tun hätte, vom Nabel bis zum Ende; und als mir schien, nun sei die Zeit gekommen, daß Cosme das Haus verließ, um zur Arbeit zu gehen, zog ich Balbinas Rock herunter und trat mit der Katze, die mir nachgelaufen war, auf die Straße und sagte Cosme, daß Balbina tot war, und weißer konnte er gar nicht werden vor Entsetzen, denn schon vor langer, langer Zeit hatte sein Blut die rote Farbe verloren und war ganz wässerig geworden, weil er immer so sehr an meine Balbina denken mußte, die ihm nie gehören würde und auch nie gehört hatte. Cosme und Balbina, die liebten sich nämlich. Und als die Beerdigungsleute kamen und mit lohenden Flammen den Deckel auf ihren Sarg schweißten, da dachte ich, das sei die Hölle, und auf dem Rückweg von der Beerdigung ging ich in eine Kneipe, um ein Glas stärkenden Wein zu trinken, und als ich, ganz voll von rotem Wein und mit Balbinas Zahn in der Tasche, aus dem Wirtshaus kam, begann mich der blaue Traum zu befallen. Und ich betrat mein Haus, gefolgt vom blauen Traum. Die Katze rieb ihre Flanken an meinen Beinen und brachte mich zum Stolpern, und ich versetzte ihr einen gehörigen Fußtritt. Der Mond, die Sterne, das Wasser, das aus dem Hahn floß, alles war blau. Und voll des Traumes, setzte ich mich an den Tisch und redete mit der Katze und erzählte ihr, daß von Balbina bald nur noch die Knochen dasein würden, daß das schöne neue rosa Kleid, das ich ihr für die Beerdigung angezogen und sie sich genäht hatte, damit Cosme sich in sie verliebte, in kaum einem Jahr voll von Knochen sein würde, weiß wie der Marmor von Engeln mit ausgebreiteten Flügeln und schön gekämmten Ringellocken. Ich zeigte ihr den Zahn. Sie schaute ihn an und schloß die Augen, und ihre Schnurrbarthaare sträubten sich; und ihre Augen hatten die Farbe von Honig, mit einem schwarzen Strich in der Mitte, der den Honig teilte, und nach einer Weile schaute sie den Zahn wieder an, und ich zeigte ihr den Zahn jeden Abend, doch eines Tages streckte sie die Pfote aus, denn ich hatte mich niedergekauert, um ihr den Zahn aus der Nähe zu zeigen, und sie ließ die Pfote so geschwind vorschnellen, daß der Zahn zu Boden fiel und sich in einen Winkel verkroch. Es war schwer, ihn wiederzufinden, und ich verprügelte die Katze, und um sie zu verprügeln, steckte ich sie in einen Kissenbezug; und ich bohrte ein Loch in den Zahn und zog einen dicken Faden durch das Loch, und immer spielte ich mit der Katze, indem ich ihr den Zahn zeigte und ihn nach oben zog, wenn sie mit der Pfote näher kam, um ihn zu berühren. Und so, beim Spielen, machte sie eines Tages das Maul auf und verschluckte ihn, aber ein Stück Faden hing noch heraus, und ich versuchte sie mit sanften Worten zu beruhigen, und als ich sie beruhigt hatte, zog ich am Faden, damit ich den Zahn herausbekäme, bis der Faden schließlich, zerschlissen und vom Speichel aufgeweicht, riß und der Zahn in der Katze drin blieb, die Cosme, als sie noch ganz klein war, Balbina geschenkt hatte und die Balbina im Haus, im Hof und auf dem Dach immer nachlief. Ich ging auf die Straße und schaute nach den blauen Sternen, ganz verzweifelt über den Verlust des Zahns, und die Katze war neben mir und schaute wie ich nach oben. Ich tat sie ins Haus und machte die Tür zu und ging los, und während ich ging, sagte ich vor mich hin, Cosme liebte Balbina, Cosme liebte Balbina, und jetzt ist sie tot, und daß sie tot ist, gefällt und gefällt und gefällt mir. Und nie hatten sie sich umarmen können, weil zwischen ihnen der Steinmetz stand, der den Engeln Ringellocken machte und die verborgene Trompete spielte, damit Balbina wahnsinnig und langsam getötet würde und er sie begraben konnte, ohne Zahn, in jenem rosa Kleid, das sie sich einmal im Frühling genäht hatte, weil Cosme am Fenster zur Straße eine rosa Geranie hatte. Und weil er sie sehen sollte, wenn sie Sonntag morgens, auf dem Weg in die Kirche, mit einem Schleier der feinsten Sorte, über und über mit schwarzen Pailletten besetzt, an seinem Fenster vorbeiging.

Ich kaufte einen schuppigen Fisch und aß ihn gebraten mit

Tomaten und Petersilie. Ich gab der Katze den Kopf und stopfte ihr die breite, harte Mittelgräte verkehrt in den Hals, damit sie von den spitzen Gräten daran gestochen würde, wenn sie sie herausbekommen wollte. Und sie begann sofort, sich wie wild zu schütteln, um die Gräte herauszubekommen, und je mehr sie herumhüpfte, desto fester bohrte sich die Gräte in das rosa Fleisch ihrer Kehle, und nach ein paar Tagen – sie war nämlich sehr zäh – gab sie, aufgerieben vom Versuch, die Gräte herauszubekommen, und immer wieder leer erbrechend, den Geist auf; unverzüglich, genauso wie ich Balbina auf der Stelle angekleidet hatte, schlitzte ich sie mit einer Rasierklinge der Länge nach auf. Und so weiß wie eh und je fand ich den Zahn in einem aufgeschwollenen Darmzipfel. Ich wusch ihn mit Seife und strich immer wieder mit dem Finger darüber, damit er wie früher glänzen sollte, und in der Nacht ging ich hinaus, um die Katze zu vergraben, und ich ging jede Nacht hinaus, um zu sehen, wann das aufhören würde, daß mir die Sterne blau erschienen, und ich ging die Straße entlang, bis die Felder kamen und die Straßenlampen ohne Häuser, mit dem Licht ins Leere, und die kümmerlichen Gärten mit den raupenzerfressenen Kohlblättern und den von Läusen erstickten Rauten; und das Licht der Straßenlampen ohne Häuser war ebenfalls blau. Ich dachte schließlich, alles ist blau, nicht etwa weil es mir blau erschien, sondern weil es so geworden war. Und ich fragte diesen und jenen, in welcher Farbe sie die Sterne sähen und welche Farbe für sie der Mond hätte, wenn sie ihn nackt und wenn sie ihn mit dem Ring sähen. Und alle gaben mir, nachdem sie mich eine Weile angeschaut hatten, als ob ich sie etwas höchst Seltsames gefragt hätte, zur Antwort, daß die Sterne die Farbe von Glühbirnen hätten und der Mond ebenfalls. Und daß das Wasser, das aus den Hähnen floß, schlicht und einfach die Farbe von Wasser habe. Und ich behaute weiter Marmor. Der Meister hatte den Engel fertiggemacht und ich dessen Ringellocken, ich hatte den Grabstein beendigt und war nun an den Rockfalten eines ruhenden toten Mädchens, und die ersten kamen schief heraus, und der Meister sagte zu mir: Seit deine Frau gestorben ist, machst du es noch schlechter ... In der Nacht nach dem Tag, da er mir das gesagt hatte, ging ich weiter als sonst, über die Gärten hinaus, über die Stelle, wo ich die Katze begraben hatte, über die Kohlköpfe und Rauten hinaus. Die letzte Straßenlampe war blau, und ich warf ununterbrochen Steine nach ihr, lauter Steine gegen das blaue Licht, und die Nacht war dunkel, und nachdem ich schon stundenlang Steine geworfen hatte, traf ich die Birne, so daß sie zu Boden splitterte. Und dann setzte ich mich mit dem Rücken an die Straßenlampe, einsam und allein mit der dunklen Nacht, und als der erste Stern aufging und die Fenster der Häuser in der Ferne alle schon erloschen waren, drang aus der Tiefe der Nachtschwärze und des Geruches der Brachfelder ein Miauen zu mir, und noch eins und wieder eins, immer näher, und aus einem Büschel hoher Gräser trat, vollkommen lautlos, der Schatten hervor. Und der nahende Schatten war eine riesengroße Katze, so groß wie drei Katzen zusammen, und die Pupillen – ich dachte schon, sie würden mir vielleicht blau erscheinen wie die Sterne – erschienen mir honigfarben, in der Farbe wie alter Honig, der ganze Honig von oben nach unten durch einen schwarzen Streifen geteilt. Die Katze strich an meiner Seite vorbei und rieb ihren Bauch an meinen Knien, drei- oder viermal, da sie immer um die Straßenlampe herumging. Ich stand auf und machte mich auf den Rückweg; sie folgte mir, doch als ich bei den ersten Gärten anlangte, drehte ich mich um und bemerkte, daß sie verschwunden war. Tags darauf, während ich die Falten am Rock des tot daliegenden Mädchens meißelte und in einem fort Marmorstaub ausspuckte, dachte ich nicht nur an das blaue Licht, sondern auch an die Straßenlampe ohne Birne und an diese Katze. Und in der Nacht ging ich wieder bis zur letzten Straßenlampe. Man hörte die Schar der wilden, liederlichen Grillen zirpen. Erneut erschien die große Katze. Sie kam diesmal nicht aus der Einöde und dem hohen Gras; plötzlich stand sie vor mir, schwärzer als die ewige Seelennacht, und starrte mich mit ihren Honigaugen an. Und sie kam jede Nacht. Ich setzte mich an die Straßenlampe und wartete ein Weilchen, während der Wind die abgefallenen Blätter wegwehte, und auf einmal stand sie ganz nah bei mir, still, wie aus Stein. Ich gewöhnte mir an, ihr Balbinas Zahn zu zeigen, und wenn sie ihn sah, rieb sie ihren ganzen Körper an meinen Beinen und schnurrte ununterbrochen und betrachtete den Zahn mit ihren Bienenhonigaugen. Und in der letzten Nacht wartete sie bereits auf mich, als ich kam. Ich holte den Zahn aus der Tasche und ließ ihn auf der flachen Hand tanzen, doch sie begann, ohne ihn anzuschaun, um die Straßenlampe herumzugehn, und machte dabei so etwas wie einen Strick, und mit jeder Umdrehung band sie mich langsam an die Straßenlampe, und während sie so band und wand, band sie mich mit jeder Umdrehung immer fester, und ich hatte das Gefühl, als ob sie mein Leben für ewig bände, und meine Gedanken schweiften über die Gärten hinaus, zum Friedhof hin, und kehrten zurück und kehrten doch nicht ganz zurück zwischen den Feldern und der Straßenlampe ohne Birne, und ich betrachtete die Nacht vor mir, ob sie vielleicht blau würde, blau rechts und links und von hinten bis vorn; und mit dem Knoten um den Hals und mit heraushängender Zunge sah ich, daß sie blau und zart wurde wie die Sterne, die Balbina auf eine Tischdecke gestickt hatte; Balbina war nämlich Stickerin und stickte nicht nur blaue Sterne, sondern auch Buchstaben, die wie Blumen und Zweige aussahen, auf Kissenbezüge und Leintücher, und das Blau der Nacht war so blau wie die Garnsterne. Blau; ein Blau wie das Blau von Balbinas Augen, die ich das Mädchen mit den blauen Augen nannte, als ich sie kennenlernte, und hatte dann ganz vergessen, daß sie so blau waren.

So viele Jahre hast du drin gelebt? Und wie hast du das geschafft? fragen sie mich. Du mußt dir Ausweispapiere machen lassen. Und sie schauen mich an, und um ihre Mundwinkel sehe ich etwas wie den Anfang eines Lachens. Komm wieder, sagen sie, komm wieder vorbei. Aber wenn ich wieder hinkomme, werden sie ärgerlich: Komm morgen, wir haben noch keinen Bescheid, komm übermorgen. Und einer von ihnen, der mit dem Schnurrbart, streckt die eine Hand aus, die beiden ersten Finger eng aneinander, und läßt sie hin und her gehn, als ob er einen Schlüssel umdrehte, und sagt, wobei er mich böse anstarrt: Wenn du deine Papiere nicht abholst, du weißt schon . . . Und immer wieder diese Handbewegung . . . Und ich trage einen Kummer mit mir herum, der mich noch umbringt, aber das weiß niemand. Es geschah so, ohne Zeugen. Und ich beklag mich nicht.

Das ganze Meer ein Heulen und Tosen und Wellengewoge und ich gepackt und geworfen, geworfen und gepackt, ausgespuckt und verschluckt und an meine Planke geklammert. Alles war schwarz, das Meer und die Nacht, und die Cristina untergegangen, und die Schreie derer, die im Wasser starben, waren nicht mehr zu hören, und ich konnte gerade noch denken, daß nur noch einer am Leben war, und zwar ich, weil ich zum großen Glück bloß Matrose war und mich an Deck befand, als es dann schlimm wurde. Ich sah, ohne sie sehen zu wollen, dichte Wolken, während ich der Länge nach auf einer wütenden Woge lag, und da, all diese Wolken über mir, fühlte ich, wie ich tief eingesogen wurde, viel tiefer als zuvor. Hinunter ging's mit mir, hindurch zwischen Strudeln und aufgeschreckten Fischen, die meine Wange streiften, hinunter galt es, gezogen von einem mächtigen Wasserstrom im Wasser selbst, einen Abhang hinunter, und als das Wasser ruhig wurde und nach und nach sank, klatschte der Schwanz eines Fisches, der größer war als die andern, gegen mein Bein, und ich sah keine Wolken mehr, sondern die finsterste Finsternis, die je ein Menschenkind erblickt hat, und die Planke rettete mich, denn ohne sie wäre ich vielleicht dort gelandet, wohin das Wasser verschluckt worden war. Als ich aufzustehen versuchte, um zu gehen, war der Boden ganz glitschig, und obgleich ich mir schon denken konnte, wo ich war, zog ich es vor, nicht zu denken, denn mir fiel ein, was meine Mutter mir auf ihrem Sterbebett gesagt hatte. Ich stand tieftraurig dicht am Bett, und meine Mutter, die keine Luft mehr bekam, konnte noch mit letzter Kraft den Oberkörper aufrichten, und mit ihrem Arm, lang und dürr wie ein Besenstiel, haute sie mir so gewaltig eine runter und schrie, daß man sie kaum verstehen konnte: Denk nicht! Und dann starb sie.

Ich kauerte nieder, um mit der Hand den Boden zu befühlen. Er war klebrig, und während ich ihn befühlte, hörte ich ganz in meiner Nähe etwas wie das Stöhnen einer Trompete, das nach und nach zu einem Brüllen anschwoll. Und unter Brüllen und Gestöhn, wie das Röcheln aus müden alten Lungen, bewegte sich der Boden in die Höhe, und ich fiel hin und saß an meine Planke geklammert da. Halb benommen wie ich war, wußte ich nicht so recht, was los war, ich wußte nur, daß ich meine Planke bis in den Tod nicht loslassen durfte, weil Holz stärker ist als Wasser. In stürmischem Wasser ist ein Stück flaches Holz stärker als alles andere. Ich wollte genau wissen, wo ich war, und als mir die eine Seite des Gehirns allmählich nicht mehr so weh tat, versuchte ich, vorwärts zu gehen; alles war schwarz wie Tinte einer erschrockenen Krake, und das Gestöhn war vorbei, und man hörte nur noch gluckgluck, gluckgluck. Und der Boden unter meinen Füßen – inzwischen stand ich nämlich wieder – war aus weichem Gummi, solchem, das still von Baumstämmen rinnt, das gesammelt, verarbeitet und getrocknet und dann durch Wärme weich gemacht wird, wenn es da drinnen auch kalt war und meine Zähne klapperten. Weil ich nicht aufpaßte, saß ich auf einmal wieder auf dem Boden, die Planke quer über den Beinen. Ich streckte einen Arm aus und berührte mit der flachen Hand die Wand, und die ganze Wand bewegte sich in einem pausenlosen Wellengang, wie eine uralte Unrast. Ich packte die Planke quer, wie sie dalag, und rammte einen Plankenstoß in die sich bewegende Wand, und ich flog mitsamt der Planke hoch und fiel zurück auf den schlammigen Boden. Auf, mit Plankenhieben! Ich bohrte sie in den Boden und machte dann, wenn sie festgebohrt war, einen Schritt vorwärts, und so, mit Mühe und Not, hinfallend und mich wieder aufrappelnd, gelangte ich an einen seltsamen Ort: dunkel und gleichzeitig voller Farben, die eigentlich keine Farben waren, Farbphantome, ein Aufflammen und Erlöschen von Blau und Gelb und Rot, mir näher kommend und sich entfernend, Farben, die keine Farben schienen, ein Feuer anders als das Feuer, ich kann es nicht erklären, changierende, flüchtige Farben. Ein wenig Licht schien her, ganz dünnes, schwaches Licht, dem näherte ich mich, und durch ein Gitter von Stäben erblickte ich draußen den Mond. Ich ließ, an meine Planke geklammert, viele Stunden verstreichen. Glaub ich jedenfalls. Denn wer weiß, wo die Zeit hingekommen war. Und als der Mond sich herabneigte, schillerten die Farben ein wenig, und da wurde ich gewahr, daß ich nicht atmete und daß Wasser aus meinen Ohren lief, ein Bächlein rechts und links am Hals. Und es war gar kein Wasser, sondern Blut, denn offensichtlich waren meine Ohren innen geplatzt, und während ich mit der Fingerspitze über meinen von Blut warmen Hals strich, verspürte ich eine Erschütterung, die von dort aus der Tiefe kam, wo ich mich befand, und mit der Erschütterung stieg ein Schwall Wasser auf, das nach schlecht verdautem Fisch dunstete. Und dieses Wasser bedeckte mich bis an die Schulter, und es war mein Glück, daß es zum Stillstand kam und nach und nach wieder zurückging; doch stank ich nun am ganzen Leib nach Fisch. Aus meinen Ohren floß kein Blut mehr: die Luft ging durch sie hindurch, ich hatte jetzt einen anderen Luftweg. Ich stieß die Planke heftig auf den Boden, und nichts geschah, kein Stöhnen und keine Erschütterung. Ich ging vorwärts, an meine Planke geklammert, zwischen farbigen Lichtern, ich weiß nicht, waren es dieselben, die ich schon gesehen hatte, oder andere, jedenfalls wurden sie immer matter, und durch das Stabgitter schien die Helle aufsteigender Dämmerung, und ich spürte den Frieden der beruhigten See, ein Etwas, das ich nicht erklären kann, als ob meine Welt im Schwinden begriffen wäre, ich weiß es nicht . . . Ich blieb stehen, und in der Luft, die durch meine Ohren ein- und ausströmte, hörte ich zwischen dem Plätschern des Wassers ein breites Atmen. Dann kam es mir vor, daß ich auf lauter Steine trat, es waren aber die Warzen einer Zunge, und auf einmal flog ich mitsamt der Planke in die Luft, und ich hatte das Gefühl, als ob ich fest umarmt würde. So eine Umarmung, bei der man keine Luft mehr bekommt. Ich war mit einer großen Menge Wasser durch das Spritzloch eines Walfischs halb nach draußen gelangt, und die Planke hatte mich davor bewahrt, daß ich gänzlich, wie eine Kanonenkugel, hinausgeschleudert worden war. Und ich erblickte Dinge, die ich zwar schon oft gesehen hatte, aber von einem ganz anderen Ort aus! Es war der größte Walfisch aller Meere, der prächtigste, der älteste. In ihm hatte ich die ganze Nacht zugebracht. Langsam wurde es Tag, und wie ich so an meinen Kinnladen, die mir allmählich weh taten, im Spritzloch hing und mich an meine Planke auf der andern Seite des Lochs klammerte und meine Beine herunterbaumelten, erblickte ich zwei Flüsse, die sich mit dem Meer vereinigten und beide sehr verschieden waren. Das Wasser dieser Flüsse hatte zwei Farben: hochrot wie rote Erde das des einen und grün wie Seegras das des andern. Und diese beiden Farben tanzten einen bedächtigen Tanz von Ineinander und Auseinander. Tanz was du kannst den Farbentanz. Ich bin rot, ich bin ganz grün. Bald geb ich dir mein Rot, bald lass' ich Grün ausfließen. Unten schlüpft das Grün hinein, unten bald versteckt sich Rot . . . Und während ich schaute, ging die Sonne auf, das Loch wurde weiter, und ich fiel wie ein Klotz hinunter. Da konnte ich erkennen, was im Innern war. Zu meinen Füßen schwappte in Wasser und Speichel ein Matrose. Er lag flach auf der Zunge, ganz nah, das Halstuch mit einem Schnürchen gerafft, auf dem Ärmel der Anker, die Hosen an den Beinen klebend, blau im Gesicht, die Augen offen und leer. Drei Fische fraßen an seiner einen Hand. Ich verscheuchte sie, und sie verschwanden, doch blindversessen kamen sie wieder. Auch ich hatte Hunger, ich beherrschte mich, und an meine Planke geklammert, grüßte ich den Tod und sang die Hymne. Drei Tage lang jagte ich hinter Fischen her und lief hin und her, und gelegentlich preßte mich ein Schlag der Zunge an die Backe. Bis ich dann . . . ich sag es nur ungern . . . Die ganzen drei Tage lang versuchte ich, den Matrosen hinauszuschaffen. »Sie« biß ihre Stäbe aufeinander und ich meine Zähne zusammen und schnallte meinen Gürtel enger, um besser drücken zu können. Vom vielen Gürtel-enger-Schnallen wurde mein Hunger erneut geweckt, und ich begann den Matrosen stückchenweise aufzuessen. Er war zäh und faserig. Viel Sehnen. Es war mir lieber, daß ich einen Matrosen essen mußte, den ich nicht kannte, als daß ich einen mir bekannten hätte essen müssen. Irgendein Fisch hatte ihn ausgehöhlt, als er noch im Wasser umhertrieb. Außer den Augen und den eklen Innereien war alles vorhanden. So hatte er sich gehalten, und ich konnte ihn noch länger aufbewahren. Die kleineren Knochen warf ich durch die Stäbe nach draußen, die größeren aber behielt ich. Die Stäbe auf der rechten Seite waren abgeschabt und sauber. Die auf der linken waren ein Gehänge aus Seetang, Muschelschalen und Pfahlmuscheln. Damit ich nicht immer Matrose essen mußte, aß ich manchmal Meeresfrüchte. Das Schlimmste war der Durst. Doch alles findet sich. Eines Tages geriet wie durch ein Wunder ein Stielpfännchen herein. Ich dachte sogleich an die Gummibäume und rammte das Pfännchen erbarmungslos mit dem Stiel in die Backe des Walfischs. Anderntags war es voll Saft, und ich konnte trinken. Das salzige Meerwasser macht das Fleisch der Fische süß. Erneut bohrte ich das Stielpfännchen ein. Immer wieder mußte ich neue Löcher machen, da die durch den Stiel verursachten Wunden sofort zugingen. Ab und zu, wenn ich nicht aufpaßte, preßte »sie« mich mit der Zunge gegen ihre Backe und hielt mich dort stundenlang fest. Wir fuhren langsam voran. Ich hatte mit der Messerspitze bereits sieben Striche in einen der Stäbe geritzt. Sieben Tage. Eines Morgens stürmte ich gegen die Stäbe an, um zu sehen, ob

ich nicht vielleicht eine Bresche schlagen könnte, und alles begann sich zu drehen, und ich wurde auf und nieder geworfen, war ebenso schnell auf wie unter der Zunge, ebenso schnell an der Seite wie zuoberst. Und als ich am Gaumen klebte, hatte ich den treffenden Einfall, zu schreien: Halt ein, Cristina! . . . Da saß ich dann mit meiner Planke quer über der Brust. Und in diesem Augenblick hatte ich »sie«, ohne es zu merken, getauft.
Durch die Stäbe hindurch erblickte ich Meere aller Art. In verschiedenem Blau und der Farbe von Wein, nach Herzensbegehr, mit goldenen Wogen, mit Eisbergen und Nebeln in der Frühe. Und ich bangte und litt. Ich sagte mir: Alle Tränen der Erde fließen zuletzt ins Meer. Und meine Kleider lösten sich auf, so verfault waren sie. Zuerst fransten unten meine Hosen aus, dann faserte meine Matrosenbluse aus, die Kleider verschwanden ich weiß nicht wie, und ich hatte nur noch den Gürtel um und das Messer, das ein Heft aus Perlmutt hatte und im Gürtel steckte. Bald mußte ich neue Löcher hineinmachen. Manchmal, wenn ich ein Weilchen schlief, träumte ich, daß ich den Gürtel enger schnallte und nichts mehr im Gürtel drin war . . . Grüne Küsten! Als ich jene Küsten erblickte, betete ich. Noch einmal setzte ich mein Leben aufs Spiel, und noch einmal stürmte ich los mit meiner Planke. Cristina tauchte unter. Wir blieben eine ganze Weile unter Wasser. Als wir auftauchten, war die Atmung meiner Ohren völlig außer Rand und Band, aber die Stäbe hatten sich geöffnet wie das Tor eines Wehrs, und ich zog hinaus aufs Gottesmeer, das nun nicht mehr aus lauter Tränen, sondern aus dem Lachen aller Quellen der Welt gemacht schien. Und ich und die Planke, wir fuhren auf dem Meer, so . . . geschaukelt, zur grünen Erde hin. Da gab es Vögel, die tief übers Wasser pfiffen,

und mir schien, daß der leichte Wind Lavendel- und Pinienduft herüberwehte. Doch auf einmal, ohne mich auch nur umzudrehen, hörte ich sie kommen, ihr Schatten fiel auf mich, und durch ihren stabbesetzten Mund nahm sie mich wieder in sich auf. Und dann ging das elende Leben an. Sechs Monate lang, mitsamt den Nächten allen, mit der Planke innen drin Schläge austeilen und sie auf die Zunge prügeln mit dem Beinknochen des besagten Matrosen, ja, wo der wohl sein mochte. Mit dem Messer schnitt ich ihr Kreuze ins weiche Backenfleisch und unter die Zunge. Ich bohrte den Stiel des Pfännchens, welcher bereits rostig war, in sie hinein, damit er sie vergiftete, ich stach sie mit der Gürtelschnalle. Zuletzt fuhr sie gar nicht mehr: ziellos, mit leichter Schlagseite, zog sie auf dem Wasser dahin. Mit der Messerschneide kerbte ich die Tage in ihre Backe, die wie Sülze zitterte, und aus den Wundmalen floß weißes Blut und rotes Blut. Als ich die ganze Innenseite der einen Backe zerschnitten hatte, begann ich ihr die andere zu zeichnen. Eines Tages schnitt ich ihr die Spitze einer Zungenwarze ab; da vernahm ich ein Gebrüll, das sich anhörte wie die Orgel an Allerseelen. Nachts stieg aus ihrem tiefsten Innern ein Klagen auf, als ob alle Glocken der Meeresglockentürme gleichzeitig läuteten, gedämpft von der Last des Wassers und des Salzes. Cristina schaukelte genauso wie eine Wiege und schaukelte mich, damit ich einschlief, aber dem traute ich nie. Ich fing an, sie zu verzehren. Ich kerbte mein Kreuz ein und schnitt dann das Fleisch darunter heraus und aß es, sorgsam kauend, wie ich es bei dem Matrosen getan hatte. Eines Tages hörte sich ihr Stöhnen wie das Stöhnen eines Menschen an, und Cristina tauchte unter und blieb lange Zeit im Meer drin. Obwohl ich ja durch die Ohren atmete, kam mir unsere Rückkehr nach oben wie die Rückkehr aus der Wasserhölle vor. Ich schnitt ihr das Halszäpfchen ab, klemmte die Planke in den Eingang ihres Rachens und zerkratzte ihr die Zunge mit Messerstichen. Immer mehr Kreuze, immer mehr Tage. Manchmal rammte ich ihr die Planke in die Backe, dorthin, wo sie am wenigsten Fleisch noch hatte. Ununterbrochen. Die Zunge war zu hart; ich aß bloß von ihrer Backe, und ihr Fleisch wuchs wieder nach, und ich sah es sprießen wie Gras im Frühling. Wenn ich ihr den Knochen vom Bein des Matrosen unter die Zunge legte, tat sie verrückt wie ein Kaninchen. Sobald ich sie aber in Ruhe ließ, begann sie wieder zu schwimmen, in leichter Schräglage und langsam, als ob das Meerwasser, des Springens und Schreiens überdrüssig, auf einmal zähflüssig und widerspenstig geworden wäre. Die Zeit verstrich, und mit ihr vergingen die Tage, die Monate und die Jahre, und wir immer weiter und weiter, denn irgendwo zutiefst im dunkeln Innern fühlten wir, daß an einer Stelle, die wir einfach nicht finden konnten, uns womöglich das letzte Flöckchen Licht auf dem Schatten erwartete oder jene Art zarten Andenkens, das von den Dingen bleibt, wenn sie schwinden. Schließlich wurde ich müde. Ich lebte zurückgezogen in einer Höhlung ihrer Backe, und sie bewachte mich dort, indem sie mich mit der Zunge ein wenig andrückte, und ich hatte das Gefühl, als ob ich hart wie Pappe würde: mit ihrem Speichel überzog sie mich nämlich langsam mit einer Kruste. Und wir wußten beide nicht, durch welche Meere wir fuhren, bis sie eines Nachts auf einen Felsen auflief; und auf diesem Felsen starb sie, im Innern gänzlich gezeichnet. Der Strand war nicht weit: kaum eine halbe Ruderstunde. Mit Plankenstößen wollte ich die Stäbe aufmachen, aber es ging nicht, weil die Planke an den Kanten schon ganz durchgefault und kurz und dünn geworden war. Unter großer Pein gelangte ich durch das Spritzloch nach draußen, und als ich draußen war, ließ ich mich über die große Kurve ihres Rückens ins Wasser hinuntergleiten, aber ich hörte nichts: ich war in eine seltsame Welt geraten, das mußte die Welt der Vorhölle sein. Die See warf mich auf den Sand, und dort wurde ich aufgelesen. Als ich aufwachte, befand ich mich in einem Krankenhaus, und eine Nonne gab mir frischgemolkene Milch zu trinken, aber ich konnte nicht schlucken, weil meine Zunge und meine Kehle wie aus Stein waren. Und eine zweite Nonne klopfte mir mit einem Holzhämmerchen, das eigens hatte angefertigt werden müssen, wie sie mir später erzählte, die Kruste ab, die aus Perlen bestand, und so brach sie nach und nach los. Anfänglich zerplatzte die Kruste unter den Schlägen des Hämmerchens. Und ein paar Tage darauf löste sie sich in kleinen Stückchen ab, da die Nonne sie immer aus einem Krug mit präpariertem Wasser begoß. Und die Nonne verrichtete ihre Arbeit mit großer Ergebung und sagte zu mir: Mein Herr, die Haut unter der Kruste ist wie die eines Regenwurms. Und als sie schon fast die ganze Kruste losgebrochen hatte und ich nur noch auf der rechten Backe und auf der halben Seite des Kopfes welche hatte, gab mir die Nonne ein Paar Leinenhosen und sagte, ich müsse mich melden, damit ich Ausweispapiere bekäme. Und ich meldete mich und bekam gleich dieses ›Wie hast du das denn angestellt, daß du all die Jahre leben konntest‹ zu hören, und ob ich glaubte, sie ließen sich täuschen . . . Und der Wind und die Sonne, die fürs Pflanzen und Reifen sorgen, ließen mir eine zarte Haut wachsen, und ich konnte von Glück sagen, denn ich war am ganzen Leib so wie Cristinas ausgehöhlte Backe. Und wenn ich lange genug herumgelaufen war, kehrte ich ins Krankenhaus zurück, und die Nonne fragte mich, ob mir die Haut draußen weh täte, dünn wie sie war, und ich erwiderte, daß mir die Haut bloß weh täte, und zwar sehr, wenn sie mir mit dem Hämmerchen auf die Kruste klopfte und sie mit diesem präparierten Wasser begoß, das ein bißchen brannte, wenn es mit mir in Berührung kam. Nachher legte ich mich vorsichtig ins Bett und schlief schlecht. Eines Tages mußte ich das Krankenhaus natürlich verlassen, und man sagte mir, ich sei nun geheilt. Ich bekam einen schönen Teller heiße Suppe anstelle der frischgemolkenen Milch; beim ersten Löffel schrie ich auf und rannte los, denn mein Inneres war wie eine offene Wunde und ganz zerfressen und verdorben von all dem kranken Fleisch, das ich von meiner Cristina gegessen hatte. Ich lief, noch immer schreiend, auf die Straße hinaus, als die Kinder gerade aus der Schule kamen, und ein kleiner Junge, erschrocken fast, weil ich ihn anschaute, zeigte mit dem Finger auf mich und sagte leise zu den andern: Das ist die Perle. Meine Hände schimmerten immer noch von diesen bunten Splittern, wie sie die Muscheln auf der glatten Seite haben . . . und ich sah die Augen der Kinder, eine Schar schwarzer und blauer Augen, die mir folgten und mich nicht ließen, als ob sie auf halber Höhe in der Luft schwebten, ohne etwas drum herum, immer nur das eigene Ziel im Visier. Ich blieb stehen mit meiner Backe und dem halben Kopf von Perlenkruste, die so fest saß, so gut mit meinem Fleisch verbunden war, daß das Hämmerchen sie nie hatte zerschlagen können. Ich hielt mich still, bis die Kinder das Anstarren satt bekommen hatten, und dann stieg ich zuoberst auf die Felsen hinauf, außerhalb des Dorfes, ganz oben, wo man nicht mehr höher hinauf kann, wo die Wasservögel nisten und im Herbst die Schmetterlinge sterben. Und das Herz voller Dinge, die zitterten wie die Sterne tief in der Nacht, stand ich und betrachtete das Meer und die Dunkelheit, die es bedeckte. In der Gegend, wo die Sonne untergeht, zog sich noch immer ein wenig Rosa dahin, das langsam erlosch, und sobald alles ganz schwarz geworden war, entstand quer übers Meer eine stille, breite Straße aus Licht, und auf dieser stillen, breiten Straße aus Licht zog mit sprühender Fontäne meine Cristina vorüber, und ich ritt auf ihrem Rücken, an meine Planke geklammert, wie früher, und sang die Hymne der Seeleute. Und von meinem Standort zuoberst auf den Felsen hörte ich ganz deutlich, wie sie dort unten, inmitten der riesigen Wasserfläche, die Straße entlang, von mir auf meiner Cristina gesungen wurde, die eine breite Blutspur hinterließ. Ich beendete mein Lied, und Cristina hielt an, und ich bekam überhaupt keine Luft mehr, als ob sie im Schauen verströmt wäre, bis meine Cristina und ich obendrauf schweigsam grüßend in jene Gegend entschwanden, wo die See eine Krümmung macht, um immer noch weiter zu gehen ... Ich setzte mich mit angewinkelten Beinen auf die Erde und schlief ein, die Arme auf den Beinen und den Kopf auf den Armen. Und ich war wohl sehr müde gewesen, denn das Licht der Morgendämmerung weckte mich mit den Schreien der Vögel, die nicht singen können. Ganz weiß kamen sie, zu großen Schwärmen vereint, aus den Felslöchern hervorgeflogen, laut mit den Flügeln schlagend, und stürzten sich wie Steine ins Meer und flogen schwirrend wieder hoch, Fische in den Schnäbeln, mit denen sie ihre Jungen fütterten, und manche waren dabei, die anstelle von Fischen Zweiglein und Grashälmchen trugen, alles für den Nestbau. Ich stand auf, ganz schwindelig von dem Geschrei, und das Meer war flach, und ich begann den Abstieg zum Dorf, und als ich ganz nah bei den ersten Häusern war, kam aus einem Eingang eine schmutzige Frau mit zerzausten Haaren heraus und stürzte sich auf mich und jammerte und schlug mit den Fäusten auf meine Brust und schrie: Du bist mein Mann, du bist mein Mann, und du hast mich verlassen ... Und ich schwöre, es war nicht wahr, denn ich war noch nie in diesem Dorf gewesen, und wenn ich diese Frau je gesehen hätte, dann hätte ich mich daran erinnert, denn ihre oberen Schneidezähne waren so, daß sie bis auf die Unterlippe gingen. Ich stieß sie mit dem Arm beiseite, und sie fiel zu Boden, und mit einem Fußtritt schob ich sie vorsichtig weg, weil mir ein Kind von einem Fenster aus zusah. Und ich ging noch einmal dorthin, wo sie mir die Papiere ausstellten. Sie waren dabei, irgend etwas zu feiern, ich weiß nicht was, jedenfalls tranken alle goldenen Wein aus kleinen Gläsern. Sie standen, und der mit dem Schnurrbart sah mich gleich und kam zu mir her mit einer Miene, die sich jede Störung verbat, und ich sah einen andern, mit Ärmelschonern, der einem, der keine Haare hatte, etwas ins Ohr flüsterte, und aus der Bewegung seiner Lippen erriet ich, was er ihm sagte: die Perle. Und alle begannen mich anzuschaun, und der, welcher zu mir hergekommen war, sagte wieder zu mir: Morgen; und er begleitete mich bis zur Tür und warf mich fast hinaus und sagte dabei immer: Morgen, morgen – wie ein Lied.

NACHWORT

Ein halbes Hundert Erzählungen hat Mercè Rodoreda, die 1909 in Barcelona geboren wurde und 1983 starb, im Lauf ihres Lebens geschaffen, zählt man die eher zur Gattung der Poèmes en prose gehörenden Prosastücke (*Viatges i Flors*, deutsch *Reise ins Land der verlorenen Mädchen*, BS 707) nicht dazu. Unter diesem halben Hundert befinden sich zwei Dutzend, derentwegen allein schon der Autorin, hätte sie sonst nichts anderes geschrieben, ein wichtiger Platz nicht nur innerhalb der katalanischen Literatur zukäme. Sechzehn der schönsten Erzählungen, die in der katalanischen Originalausgabe unter dem Titel *La meva Cristina i altres contes* erstmals 1967 veröffentlicht wurden, sind im vorliegenden Band vereint.

Mercè Rodoredas Leben teilt sich auf in eine Zeit vor dem Krieg und eine Zeit nach dem Krieg. Krieg: der Spanische Bürgerkrieg, dann der Zweite Weltkrieg, den die 1939 Emigrierte vom französischen Exil aus miterlebte. Früh schon hatte sie zu schreiben begonnen; bis 1938 lagen fünf Romane vor, von denen sie jedoch nur den letzten später noch gelten ließ und in einer neugeschriebenen Fassung in ihre Gesammelten Werke aufnahm. Danach folgten zwanzig Jahre des Schweigens, das erst 1958 mit einem Band Erzählungen gebrochen wurde. Fünf weitere Romane sollten entstehen; die Vollendung eines sechsten verhinderte der Tod.

Mercè Rodoreda hat kein umfangreiches Œuvre hinterlassen, aber ein gewichtiges, in dem noch das scheinbar unbedeutendste Wort genau gesetzt ist. Diese Hüterin des Wortes geht behutsam und gleichzeitig kühn mit der Sprache

um, versagt sich jeden Plauderton und jene Überfülle, welche die Schlankheit ihrer Sprache stören könnte, selbst dort, wo in ihren Gestalten etwas aufbricht, wo die normale Syntax vom Leben durchbrochen: aus der Rede Schicksalsrede wird.
Mercè Rodoredas Erzählungen sind Geschichten, vielschichtige Gebilde, in denen berichtet wird vom Schicksal eines Menschen oder von einem bestimmten Ereignis, das entscheidend, prägend einwirkt, von Metamorphosen, denen sich die Betroffenen verhängnisvoll unterziehen müssen. Eine Frau liebt einen verheirateten Mann. Das Verdikt der Dorfbewohner: Die Hexe gehört auf den Scheiterhaufen. Dann – beim Verbrennen – die schmerzhafte Wandlung, und eine Salamanderin verläßt den Ort des Geschehens, um, halb Mensch, halb Tier, einem seltsamen Tod entgegenzuleben. – Ein Kind, zu dessen einsamen Spielen es gehört, Friedhöfe zu bauen, erlebt, wie der Vater nach dem Tod der Mutter seine Liebe nicht etwa vermehrt dem Kind, sondern einem Huhn zuwendet. – Ein Mann, ein alter Arbeiter, will seiner Frau zum Namenstag ein Geschenk kaufen; den einzigen Gegenstand, der seinem liebevollen Bedenken angemessen wäre, gibt es nicht in der Größe, die seiner mit den Jahren breit gewordenen Frau passen würde.
So wird aus wechselnder Perspektive erzählt, bis auf ganz wenige Ausnahmen in der Ich-Form. Es wäre aber verfehlt, hier von Rollenprosa zu sprechen; die Sprache ist mit großer Zurückhaltung dem Sprechenden angepaßt. Vielleicht kann ein Wort wie Erlebnis-Prosa den Charakter der Rodoredaschen Erzählungen treffen. All diese Menschen, die in ihnen zu Wort kommen, erleben ihr Leben, tief von innen heraus auf ein aufschlüsselndes Erlebnis hin, wobei sich

unaufdringlich, beiläufig geradezu, das Fatum mitteilt, unter dem sie stehen. Es sind Leben, in denen etwas geschehen ist, worauf die Personen zurückblicken und wovon sie nun erzählen, Zeugnis ablegen können. Das geschieht auf verschiedene Art, bald aus weiterer Perspektive erinnernd, rekapitulierend, bald aus unmittelbarer Nähe und Betroffenheit ins Geschehen eintauchend.

Es sind einsame Menschen, die sich hier mitteilen, monologisch zumeist, in erhellender Selbstaussprache, oder in einer konkreten Gesprächssituation, wo ein Gegenüber vorhanden ist, ein Zuhörer, der mitunter direkt angesprochen wird (selbst aber nie im Text laut wird). Das macht es – auch von der Form her – dem Leser so schwer, von diesen Texten Abstand zu nehmen. Er wird als stiller Teilhaber des Gesprächs ins Vertrauen gezogen, wird zum Mitwisser schwerer Erfahrungen, geheimer Bekenntnisse, des Lebensgeheimnisses der Gestalten überhaupt. An manchen Stellen kommt das mit einiger Deutlichkeit zum Ausdruck. In »Ein Brief« teilt die an den Arzt schreibende Bäuerin gleich einleitend mit, daß sie noch keinem Menschen von dem gesprochen habe, was sie ihre »Krankheit« nennt: »Sie werden der erste sein, der davon erfährt.« Auch die junge Frau in »Jene Mauer, jene Mimose« gibt von Anfang an zu verstehen, daß das, was sie erzählen wird, etwas ist, was alle ihre Freundinnen nur zu gerne wissen möchten. Aber: »Die sollen sich doch zum Kuckuck scheren.« Sie hütet ihr Geheimnis, weil es das einzige ist, was ihr geblieben ist, und sie davon lebt. Das beredt lispelnde Dienstmädchen Zerafina, das zwar eher vertrauensselig alles heraussagt, stellt am Ende seines sprudelnden Wortschwalls fest: »Und jetzt wizzen Zie allez.« Ganz ausdrücklich zum Mitwisser des Geheimnisses wird der Zuhörer in »Der Mann und der

Mond«. Das Geheimnis des alten Mannes, mit dem er sich vor anderen ausgezeichnet und ihnen überlegen fühlt, sind seine nächtlichen Spaziergänge auf den Mond. Als ihm der Weg dort hinauf, in sein einstiges Glück, versperrt wird, ist ihm auch das Geheimnis sinnlos geworden. Er mag es nicht mehr hüten und erzählt es, selbstquälerisch einerseits, doch vor allem, um sein Geheimnis vollends zu töten; »ein erzähltes Geheimnis ist ein totes Geheimnis. Wir beide haben es nach und nach getötet, ich mit Reden und Sie mit Zuhören.«

Nicht nur Mercè Rodoredas fiktive Gestalten haben ein Geheimnis, das sie kennzeichnet oder gar gezeichnet hat, ein Geheimnis, das oft – ich denke dabei an einige ihrer Romane – Anlaß zu Konflikten gibt, weil sie es zu unrechter Zeit ausplaudern oder dann wieder tragisch für sich behalten müssen; Mercè Rodoreda selbst, diese scheue, irritierbare Frau, beläßt dem, was sie schöpferisch ins Leben gerufen hat, sein Geheimnis. Ihre Werke lassen sich nicht einfach aufschlüsseln, eine Binsenwahrheit vielleicht, aber auch ein Hinweis auf das Auratische in ihrer Kunst. – Mercè Rodoreda beurteilt oder verurteilt ihre Gestalten nicht oder doch nur selten. Ob Mensch, Tier oder Pflanze – sie scheint alles Geschaffene zu respektieren. Sie ist eine Liebende, die mitfühlend denkt und schreibt; deshalb auch sind noch die Geschichten ihrer seltsamsten Gestalten – Fischmann, Salamanderfrau, Walfischmatrose und der seine Frau in eifersüchtiger Liebe zu Tode trompetende, Friedhofsengel hauende Steinmetz – verbindliche Lebensmetaphern.

Nah verwandt mit dem Geheimnis ist das Wunder, sind die Wunder der Verwandlungen, die hier mit größter Selbstverständlichkeit vor sich gehen und von den Betroffenen angenommen werden. Auch »Alltägliches« kann zum Wunder werden, wenn es einer nur tief genug fühlt und erlebt. So begreift das Kind in »Perlhühner« bei seinem Besuch in der Markthalle intuitiv die Schönheit der Kreatur – und kann nicht fassen, daß sie gemordet wird. In »Eine Lämmerherde in allen Farben« ist es wieder ein Kind, das ein Wunder erlebt: durch bunte Glasscheiben sieht es eine Herde von Lämmern vorüberziehen, in wechselnden Farben, zutiefst beglückt im Schauen. Der Vater, der mit seinem barschen Dazwischentreten dieses Glück ein für allemal zunichte macht, schlägt dem Kind eine Wunde fürs Leben. Dieses glückhafte Schauen ist aber nicht nur ganz jungen Menschen vorbehalten; auch die Ich-Erzählerin in »Jene Mauer, jene Mimose« hat sehende Augen. Als sie mit ihrem Freund – er trägt den bezeichnenden Namen Àngel – an die Gartenmauer gelehnt steht, erblickt sie im Schein der Straßenlampe über sich einen Himmel, aus dem Mimosen blühen.

Eines der eigenartigsten und besonders schwer ›verständlichen‹ Wunder erlebt der Mann in »Der Mann und der Mond«. Bei dieser Erzählung will ich mich aufhalten, will ihrem Geheimnis nachfragen, das künstlerisch zwar durchaus gefaßt, als Irrationales aber dem analytischen Verstand seinen unerkennbaren Rest nicht preisgibt.

Über die Erzählung hat Mercè Rodoreda einen jener für sie typischen unprätentiösen, eher die Sache benennenden als interpretierenden Titel gesetzt, die darum um so mehr treffen. Der Zuhörer, der in die Geschichte des Mannes und des Mondes eingeweiht wird, tritt zunächst selbst als Erzähler auf; er ist ein Vorübergehender, aus der Perspektive des Mannes einer jener »armen Kerle«, die nichts wissen von den wunderbaren Dingen auf dem Mond. Dieser Vorübergehende ist stehengeblieben, weil ihm die fremdartige, lunare Erscheinung des Mannes der Aufmerksamkeit wert scheint: das Gesicht eine weiße Maske, eine starre Mondlandschaft, in der Vertiefungen wie Krater liegen. Der aufmerksame Betrachter erinnert mich an den Wanderer, der im ersten Teil der *Reise ins Land der verlorenen Mädchen* unterwegs ist und – nach dem Grund seines Umherziehens befragt – einmal zur Antwort gibt, er sei unterwegs, weil es seine Aufgabe sei, »die unendliche Suche und den Fang von dunklen Herzen« fortzusetzen. Ein solch dunkles Herz hat der alte Mann; wie es dazu kam, ist Gegenstand seiner Erzählung. Daß der Erzähler nach seiner einleitenden Beschreibung des Protagonisten nicht mehr zu Wort kommt, daß das, was anfänglich wie eine knappe Rahmenerzählung anmutet, am Schluß offenbleibt, macht den Bericht des Mannes, der sein Glück verloren hat, nur noch fataler – auch für den Leser, der zwar in ihn eingeführt wurde, aber nicht mehr »herausgeführt« wird.

Was ist geschehen, wenn die Geschichte des Mannes und seines Mondes zu Ende ist? Man mag sich an den Mythos von Selene, der Schwester Helios', unter welcher Gestalt die Göttin erscheint, erinnern. Der Mann trägt, wenn auch entstellte, Züge ihres Gesichts; weiß ist es wie das ihre; seine Lippen, das vielleicht Lebendigste darin, gleichen denen eines jungen Frauenmundes. Selene, unter deren zahllosen Liebschaften die mit Endymion die bekannteste ist, lastet mit ihrem ganzen Gewicht auf dem Mann, der nackt im Springbrunnen sein Mondbad nimmt. Dieser Mythos steht hier, wenn überhaupt, im Hintergrund; was aber die Zerstörung des Glücks bewirkt, muß etwas anderes sein, mehr auch als ein Aufwachen aus bloßen Illusionen, denen sich der ehemalige Ladenbesitzer hingegeben haben mochte. Mit dem Mondstrahl in seinen Garten ist ihm ein

Wunder geschenkt worden. Er aber, nachdem er es eine Zeitlang staunend angenommen hat, beginnt, als die Mondlinsen gekeimt haben, es arbeitend umzugestalten. Nicht mehr festlich, sondern in Alltags- und Arbeitskleidung gärtnert er sich den Kamin zurecht, den er bald als sein eigenes Werk betrachtet, um schließlich nicht mehr auf den Mond zu gehen. Als er dem Mondstrahl und den Dingen auf dem Mond keine Achtung mehr erweist, als er das geschenkte Wunder nicht mehr hegt, wird es ihm genommen.

Die große Leistung Mercè Rodoredas liegt zum einen in den erfüllten Motiven – zentral sind Liebe, Tod und Wandlung. Alle drei sind eng ineinander verhängt, oft zusammen in einer Erzählung. Diese zutiefst in die menschliche Existenz einschneidenden und sie bestimmenden Ereignisse und Erfahrungen werden in neugeschöpften Mythen faßlich gemacht. Das ist der andere Teil der Leistung Mercè Rodoredas: die erstaunliche Kraft zur Mythenbildung, die ihren Ausgang von einem unmerklich gehöhten Alltag nimmt. In der Verbindung von Mythos und Alltag mag zunächst ein Widerspruch liegen. Aber immer dringt die Autorin von dem Alltäglichen her zum Wesentlichen vor: konsequent, logisch, aufs äußerste gefaßt, doch so, daß man sich dessen erst im nachhinein bewußt wird, denn ihre Art des unausweichlich verhängnisvollen Erzählens ist unmittelbar, nicht »gemacht«, ist lebenssinnlich. Nur so können zeitfreie und doch verbindliche Lebensbilder entstehen. Dieses schöpferische Vermögen Mercè Rodoredas steht in der Literatur der vergangenen Jahrzehnte einzigartig da; von daher dürfen ihre Erzählungen den Anspruch auf den Rang von Weltliteratur erheben.

Angelika Maass

INHALT

Bibliothek Suhrkamp

Verzeichnis der letzten Nummern

Revolte auf Côte 3018
769 Thomas Bernhard, Ave Vergil
770 Thomas Bernhard, Der Stimmenimitator
771 Albert Camus, Die Pest
772 Norbert Elias, Über die Einsamkeit der Sterbenden in unseren Tagen
773 Peter Handke, Die Stunde der wahren Empfindung
774 Francis Ponge, Das Notizbuch vom Kiefernwald / La Mounine
775 João Guimarães Rosa, Doralda, die weiße Lilie
776 Hermann Hesse, Unterm Rad
777 Lu Xun, Die wahre Geschichte des Ah Q
778 H. P. Lovecraft, Der Schatten aus der Zeit
779 Ernst Penzoldt, Die Leute aus der Mohrenapotheke
780 Georges Perec, W oder die Kindheitserinnerung
781 Clarice Lispector, Die Nachahmung der Rose
782 Natalia Ginzburg, Die Stimmen des Abends
783 Victor Segalen, René Leys
785 Uwe Johnson, Skizze eines Verunglückten
786 Nicolás Guillén, Ausgewählte Gedichte
787 Alain Robbe-Grillet, Djinn
788 Thomas Bernhard, Wittgensteins Neffe
789 Vladimir Nabokov, Professor Pnin
790 Jorge Luis Borges, Ausgewählte Essays
791 Rainer Maria Rilke, Das Florenzer Tagebuch
792 Emmanuel Bove, Armand
793 Bohumil Hrabal, Bambini di Praga
794 Ingeborg Bachmann, Der Fall Franza/Requiem für Fanny Goldmann
795 Stig Dagerman, Gebranntes Kind
796 Generation von 27, Gedichte
797 Peter Weiss, Fluchtpunkt
798 Pierre Loti, Aziyadeh
799 E. M. Cioran, Gevierteilt
800 Samuel Beckett, Gesellschaft
801 Ossip Mandelstam, Die Reise nach Armenien
802 René Daumal, Der Analog
803 Friedrich Dürrenmatt, Monstervortrag
804 Alberto Savinio, Unsere Seele/Signor Münster
805 Henry de Montherlant, Die Junggesellen über Gerechtigkeit und Recht
806 Ricarda Huch, Lebenslauf des heiligen Wonnebald Pück
807 Samuel Beckett, Drei Gelegenheitsstücke

808 Juan Carlos Onetti, So traurig wie sie
809 Heinrich Böll, Wo warst du, Adam?
810 Guido Ceronetti, Das Schweigen des Körpers
811 Katherine Mansfield, Meistererzählungen
812 Hans Mayer, Ein Denkmal für Johannes Brahms
813 Ogai Mori, Vita sexualis
814 Benito Pérez Galdós, Miau
815 Gertrud Kolmar, Gedichte
816 Rosario Castellanos, Die neun Wächter
817 Bohumil Hrabal, Schöntrauer
818 Thomas Bernhard, Der Schein trügt
819 Martin Walser, Ein fliehendes Pferd
820 Gustav Januš, Gedichte
821 Bernard von Brentano, Die ewigen Gefühle
822 Franz Hessel, Der Kramladen des Glücks
823 Salvatore Satta, Der Tag des Gerichts
824 Marie Luise Kaschnitz, Liebe beginnt
825 John Steinbeck, Die Perle
826 Clarice Lispector, Der Apfel im Dunkel
827 Bohumil Hrabal, Harlekins Millionen
828 Hans-Georg Gadamer, Lob der Theorie
829 Manuel Rojas, Der Sohn des Diebes
830 Jacques Stéphen Alexis, Der verzauberte Leutnant
831 Gershom Scholem, Judaica 4
832 Elio Vittorini, Erica und ihre Geschwister
833 Oscar Wilde, De Profundis
834 Peter Handke, Wunschloses Unglück
835 Ossip Mandelstam, Schwarzerde
836 Mircea Eliade, Dayan / Im Schatten einer Lilie
837 Angus Wilson, Späte Entdeckungen
838 Robert Walser, Seeland
839 Hermann Hesse, Sinclairs Notizbuch
840 Luigi Malerba, Tagebuch eines Träumers
841 Ivan Bunin, Mitjas Liebe
842 Jürgen Becker, Erzählen bis Ostende
843 Odysseas Elytis, Neue Gedichte
844 Robert Walser, Die Gedichte
845 Paul Nizon, Das Jahr der Liebe
846 Félix Vallotton, Das mörderische Leben
847 Clarice Lispector, Nahe dem wilden Herzen
849 Ludwig Hohl, Daß fast alles anders ist
850 Jorge Amado, Die Abenteuer des Kapitäns Vasco Moscoso
851 Hermann Lenz, Der Letzte
852 Marie Luise Kaschnitz, Elissa
853 Jorge Amado, Die drei Tode des Jochen Wasserbrüller
854 Rudyard Kipling, Das Dschungelbuch
855 Alexander Moritz Frey, Solneman der Unsichbare

856 Kobo Abe, Die Frau in den Dünen
857 Thomas Bernhard, Beton
858 Felisberto Hernández, Die Hortensien
860 Juije Trifow, Zeit und Ort
861 Shen Congwen, Die Grenzstadt
862 Ogai Mori, Die Wildgans
863 Karl Krolow, Im Gehen
865 Gertrud von le Fort, Die Tochter Farinatas
866 Joachim Maass, Die unwiederbringliche Zeit
867 Stanisław Lem, Die Geschichte von den drei geschichtenerzählenden Maschinen des Königs Genius
868 Peter Huchel, Margarethe Minde
869 Hermann Hesse, Steppenwolf mit 15 Aquarellen von Gunter Böhmer
870 Thomas Bernhard, Der Theatermacher
871 Hans Magnus Enzensberger, Der Menschenfreund
872 Emmanuel Bove, Bécon-les-Bruyères
873 Max Frisch, Biografie: Ein Spiel, Neue Fassung 1984
874 Anderson/Stein, Briefwechsel
875 Rafael Sánchez Ferlosio, Abenteuer und Wanderungen des Alfanhui
877 Franz Hessel, Pariser Romanze
878 Danilo Kiš, Garten, Asche
879 Hugo von Hofmannsthal, Lucidor
880 Adolf Muschg, Leib und Leben
881 Horacio Quiroga, Geschichten von Liebe, Irrsinn und Tod
882 Max Frisch, Blaubart
883 Mircea Eliade, Nächte in Serampore
884 Clarice Lispector, Die Sternstunde
885 Konrad Weiß, Die Löwin
887 Jean Grenier, Die Inseln
888 Thomas Bernhard, Ritter, Dene, Voss
889 Max Jacob, Höllenvisionen
890 Rudyard Kipling, Kim
891 Peter Huchel, Die neunte Stunde
892 Scholem-Alejchem, Schir-ha-Schirim
893 Ferreira Gullar, Schmutziges Gedicht
894 Martin Kessel, Die Schwester des Don Quijchote
895 Raymund Queneau, Mein Freund Pierrot
899 Thomas Bernhard, Der Untergeher
900 Martin Walser, Gesammelte Geschichten
901 Leonora Carrington, Das Hörrohr
902 Henri Michaux, Ein gewisser Plum
903 Walker Percy, Der Kinogeher
904 Julien Gracq, Die engen Wasser
909 Marie Luise Kaschnitz, Menschen und Dinge 1945
910 Thomas Bernhard, Einfach kompliziert

Bibliothek Suhrkamp

Alphabetisches Verzeichnis